小学館文庫

蟲愛づる姫君

魔女の王国の終焉

宮野美嘉

小学館

目次

蟲愛づる姫君
～魔女の王国の終焉～

第一章　蠱毒の里の里長の正体とは

魁《かい》国の王宮は厳しい冬を越え、人も動物も木々さえも凍《い》てつく眠りから覚めようとしていた。

草木の芽吹く庭園に、一人の女が蹲《うずくま》っている。早春らしい薄手の衣に身を包み、草の陰にじっと目を凝らしている。

大陸に君臨する大帝国斎《さい》の皇女にして、魁国の王妃。名を李玲琳《りれいりん》という。嫁いで八年半、六歳になる子も二人いる。端麗な顔立ちに、凜とした眼差《まなざ》し。ただ一点を除いて、彼女は一国の王妃に相応《ふさわ》しいものであった。

そう、ただ一点を除いては……

彼女の視線の先には、一匹の巨大な蟲《むし》が潜んでいた。一抱えほどもある巨大な甲虫だ。その外皮は夥《おびただ》しい数の血管に覆われ、どくどくと蠢《うごめ》いている。普通ならばあるはずのないその血管は、その甲虫が普通の生き物ではないことを示していた。

蠱師《こし》というものがいる。百蟲を甕《かめ》に集め、喰《く》らい合わせて最後に残った一匹を蠱《こ》とし、人を呪う術者だ。

玲琳は蠱毒《こどく》の里出身の母を持つ、生まれながらの蠱師である。

玲琳がうっとりと蟲を眺めていると――

「何よ馬鹿！　あなたなんか大っ嫌い!!」

甲高い声が青空に響いた。

「待ってよ火琳《かりん》、怒らないでよ」

続いて困ったような声が。

振り返ると、二人の幼子がてくてくと庭を歩いてくるところだった。

先を歩きながら目を吊《つ》り上げているのは、第一王女の火琳。困り顔でついてくるのは、第一王子の炎玲《えんれい》。玲琳が産んだ双子の子供たちである。

「何を怒っているの？　火琳」

玲琳は立ち上がって娘に手を伸ばした。火琳はたたっと駆け出し、玲琳に抱きついてくる。

「ふんっ！　きょうだいの絆《きずな》なんて儚《はかな》いものよね。私は炎玲って男の性根が、よぉく分かったわ。こんな薄情者とはもう口をきいてあげないんだから」

ぷんすか怒りながら顔を擦り付けてくる娘の頭を、玲琳はよしよしと撫《な》でてやる。

「いったい何があったというの？」

「……私に蠱師の才がないなんて分かってるわよ！　だからって無能な邪魔者扱いするなんて……見下げ果てたわ！　こんな薄情者、もう私の弟じゃないんだから！」

「火琳、火琳、誤解だよ。僕は火琳を邪魔者扱いなんかしてないよ。火琳を傷つけるつもりじゃなかったんだ。だからどうか機嫌を直して」

「嫌よ！　あっち行きなさいよ！　あなたとは口きかないって言ってるでしょ！」

頑《かたく》なな火琳に、炎玲は弱り切ったようなため息をついた。

「お前たちがこんなに喧嘩《けんか》するなんて珍しいわね」

玲琳はいささか面白がるように言った。すると、抱きついていた火琳は、ムッとしたように体を離した。

「どうせお母様は炎玲の味方なんでしょ！」

「もちろん私は炎玲の味方に決まっているわ。そしてもちろん、お前の味方でもあるわよ」

玲琳が笑いながら言うと、火琳は口をへの字にして黙り込んだ。その小さな肩に、一匹の黒い蝶《ちょう》がとまっている。そして炎玲の肩にも、同じ形をした黒い蝶がとまっているのだ。それは一年前、玲琳が双子の五歳の誕生祝いに与えた蠱だった。

玲琳は二匹の蝶を見比べて瞠目《どうもく》した。

火琳の肩にとまるそれは、一年前と変わらず美しい羽を揺らしている。そして炎玲の肩にとまるものは……いつのまにか大きさが二倍に巨大化し、細かな文様が羽に刻まれていた。炎玲の力を啜《すす》り成長したのだ。

なるほどそれが火琳の怒りのもとかと、玲琳はようやく察した。

「ほんと馬鹿みたい！　蠱師なんて今時流行《はや》らないって、何度言ったら分かるのかしら！　なのに自分は特別って顔して……ほんっとうに嫌な子！」

「火琳、ねえ火琳、こっち向いてよ。僕の話を聞いてよ」

「しつこいったら！　あなたとは口きかないって言ってるじゃないの！　あなたのことなんか大っ嫌いなの！」

「でも僕は、火琳のことが大好きだよ」

間髪を容《い》れずに断言した炎玲に、火琳は一瞬言葉を呑《の》みこみ、しかしすぐに牙を剝《む》いた。

「そんなの当たり前でしょ！　あなたの一番大事で一番大好きな女の子は私に決まってるじゃないの！」

すると炎玲は嬉《うれ》しそうににこっと笑った。

「そうだよ、僕は火琳が一番大事で一番大好きなんだ」

「あっそう、私はあなたなんか大っ嫌い」

「うん、大丈夫だよ、分かってるよ。火琳だって僕のこと、ほんとはとっても大好きなんだよね。だからもう、怒らないでほしいな」

「……何よ、生意気な口きいて」

火琳は口をへの字にしてますます不機嫌そうになった。

「仲直りしようよ、火琳」

「……じゃあ私だって役に立つんだってこと、分かってくれるのね？」

「……うーんとね……火琳はとっても頭がよくて、なんでも知ってて、勇気があって、うんと頼りになる人だって分かってるよ」

その物言いに、火琳はぴくりと眉を吊り上げた。

「何よそれ、でもどうせ蠱師にはなれないって言いたいの？」

「……そりゃ、なれないに決まってるけどさ……」

「馬鹿にして!!」

火琳はカッとなり、玲琳を突き飛ばすようにして離れると、弟に向かって拳を振り上げた。が――

「ごるあああああ！　何やってんですかあああ！」

空気を震わす大声が、火琳の暴挙を止める。

びくっと固まった火琳と炎玲に向かって、二人の男が突進してきた。一人は火琳の腕をつかみ、一人は炎玲を抱き上げる。

ぜーはー息をしながら炎玲を庇《かば》っているのは、第一王子の護衛役である風刃《ふうじん》だった。

火琳の腕を険しい顔で押さえているのは第一王女の護衛役である雷真《らいしん》だ。

「火琳様、弟君に手を上げるなど王女殿下のなさることではありません」

雷真は守るべき王女を厳しく諫《いさ》めた。

火琳は酷《ひど》い仏頂面で雷真を睨《にら》み上げ、ぷいっとそっぽを向くと再び玲琳に抱きついてきた。

「みんな大っ嫌い……どうせ私のこと馬鹿にしてるんだわ！」

「私はお前を馬鹿になどしていないわよ」

玲琳はまた、よしよしと娘の頭を撫でてやる。

抱き合う玲琳と火琳を見て、雷真と風刃は何とも言えない顔になった。

「いやー……玲琳様、そうしてると本当に……気持ち悪いですね」

引きつった笑みを浮かべつつ風刃が言った。

「それは誉《ほ》め言葉かしら？」

「もちろん一から百まで誉め言葉ですよ」

真顔で即答する風刃に、玲琳はふふんと笑い返す。

「とても親子には見えませんよ、どう見ても仲良し姉妹だ」

風刃は抱き合う母娘を見てそう評した。

なるほど彼の言う通り、玲琳と火琳はどう見ても母娘ではなかった。

玲琳は正真正銘二十四歳になった大人の女だが、その見た目は実年齢の三分の一にも満たない、七歳頃の姿なのである。

今から数か月前、玲琳は蠱術《こじゅつ》の呪いを受けて子供の姿に戻ってしまった。過去の時を奪われ若返り、未来の時を奪われ寿命を縮められた。

血色の毒蟷螂《かまきり》――玲琳を呪う蠱は未《いま》だこの体の中におり、玲琳はずっと呪われ続けているのだ。

あれからずっと、玲琳はその呪詛《じゅそ》を解こうと試み続けているが……未だ元には戻っていない。

「まったく……早く元に戻らなくてはね」

玲琳はわざとらしく大きなため息をついた。

自分の手を見下ろす。いつもなら命令に応えて容易《たやす》く姿を見せてくれる蟲たちが、出てこない。

今の玲琳は毒蟷螂を御すために全ての力を使ってしまっていて、他の蟲たちへ力を注ぐことが限りなく困難になっているのだ。そう、今の玲琳は――蠱師としての力がほぼ使えないと言っていい。

本当に、早く元に戻らなくては……

玲琳が難しい顔で唸《うな》っていると、

「皆様、そろそろお昼の時間ですよ。お部屋にお戻りくださいませ」

双子のお付き女官である秋茗《しゅうめい》が、軽やかな声で皆を呼んだ。

「ええ、すぐに行くわ」

玲琳はそう答え、火琳の背中をぽんぽんと叩《たた》いた。

「さあ、行きましょうか」

「……はあい」

火琳は渋々頷《うなず》いた。

一行はぞろぞろと連れ立って後宮にある国王の居室へと向かっていった。


部屋に入ると、そこには一人の男が待っていた。

玲琳の夫であり、双子の父親であり、魁国の国王である楊鍠牙《ようこうが》だった。

食事はいつもこの部屋でとるのが、嫁いできた頃からの習慣になっている。

炎玲がいつもの席に座ると、火琳は仏頂面でいつもと違う正反対の席に座り、それを見た鍠牙が怪訝《けげん》な顔をした。

「どうした？　火琳」

彼は優しい父親の顔で火琳の傍《そば》に膝をついた。

「……ただ、お父様の隣に座りたいって思っただけ」

その言葉に鍠牙は一瞬でれっと相好を崩したが、すぐに真剣な顔を取り繕った。

「嬉しいが、お前がそんな顔をしているとお父様は心配だ。何か御機嫌を損ねることがあったかな？　俺の可愛《かわい》い小さな姫君」

鍠牙は機嫌を取るように火琳の手を握った。火琳は何かを堪《こら》えるようにますます表情を険しくし、キッと父親を睨んだ。

「……女の子には色々あるんだから、殿方が気安く詮索しないでくださる？」

鍠牙は火琳の手を握ったまま、何とも言えない顔でしばし固まり——助けを求めるように玲琳の方を見た。

「どういうことだ？」

「そういうことなのよ」

玲琳は大きく頷きながら適当なことを言った。

「いや、どういうことだ！」

鍠牙は困惑したように聞き返した。

「心配することはないわ、喧嘩くらい誰だってするものよ。私とて斎にいた頃は姉たちから罵詈雑言《ばりぞうごん》を浴びせられたものだわ」

玲琳は優雅に肩をすくめた。もっとも、その姉たちはいつも最終的に泣いて逃げ帰る羽目になっていたのだが……

「いやいや、そういう特殊な話をされては困る。あなたは自分が一般の範疇《はんちゅう》に収まらないことをもう少し自覚してくれ」

「お前に言われたくはないわ」

賢君の皮を被《かぶ》った毒の塊が何を言うのかと玲琳は呆《あき》れた。しかし鍠牙は玲琳の抗議を無視して、真剣に娘を見つめた。

「つまりお前は炎玲と喧嘩をしてしまったのか？　お父様の仲裁が必要かい？」

「そんなのいらないわ！　誰も余計なことしないでちょうだい！　私の気持ちなんてどうせ誰も分からないんだから！　役に立たないなら黙ってて！　お父様もお母様も秋茗も雷真も風刃も……みんなみんな大嫌い！」

癇癪を起こしながら、火琳は卓に置かれた茶をごくごく飲み干し、ふーっと息をついた。そして向かいの席でそれを見ていた炎玲の視線に気づくと、愛らしい目を吊り上げる。

「なあに、あなたもさっさと食べなさいよ」

すると炎玲は彼女と同じように茶を一息に飲み干し、その椀《わん》を乱暴に置いた。カンと大きな音が響く。彼らしからぬその荒い仕草に、その場の全員が息を呑んだ。

「……あのね、火琳。僕は火琳のそういうところ……あんまり好きじゃないよ」

六歳の幼子とは思えぬ冷静な口調で炎玲は告げた。皆が絶句する中、言葉を向けられた火琳は真《ま》っ蒼《さお》になって硬直した。

炎玲は淡々と食事を続け、自分の皿を空にすると椅子からぴょんと下りた。

「ごちそうさまでした」

そう言って、彼はてくてく部屋から出て行った。

凍り付いていた一同はそこでようやく息をして、互いに顔を見合わせた。

「炎玲様……怒ってらしたの？」

「あんなお姿、初めて見たわ」

給仕の女官たちが驚いたようにひそひそと話し合う。それを聞き、固まり続けていた火琳は震えだすと、突如泣き出した。

「うわあああああああん！　炎玲のばかああああああああ！」

絶叫し、椅子から飛び降りると部屋を飛び出す。

「火琳様！」

控えていたお付き女官の秋茗が、慌てて後を追いかけた。

残された給仕の女官たちは、放心している王と王妃を覗《のぞ》き見る。

鍠牙は呆然《ぼうぜん》とその場に立ち尽くしていたが、突如玲琳を見下ろした。

「姫！　どうしよう！　火琳が……火琳があんなに泣いて！　あの素直で優しい炎玲が怒って！　俺はどうしたらいいんだ！」

わめきながら床に蹲る。ぎょっとする女官たちを目線で部屋から追い出し、玲琳は夫の肩に手を置いた。

「あまり心配することはないわ。炎玲が蠱師の力をつけ始めたから、火琳はそれが気になるのでしょうよ」

「なんだと？」

鍠牙はがばっと顔を上げる。

「あの子たちに去年渡した蝶を覚えているかしら？　炎玲のものだけ大きく育っているのよ。あれは明らかに、炎玲の力だわ」

「ああ……そういうことか……」

玲琳の説明を聞き、鍠牙はようやく脱力した。

火琳が元々蠱師に憧れていたことを、親である二人はよく知っていた。気位が高く弱みを見せたがらないあの王女は、自分に蠱師の力がないことを本当はずっと気にしているのだ。

「だが、それはどうしようもないことだろう？」

「ええ、どうしようもないことだわ。生まれつき蠱師の素質がなければ、蠱師になることは絶対にできないのだから」

鍠牙の顔がどんよりと澱《よど》む。彼はこの世の何より、子供たちが辛《つら》い思いをすることを厭《いと》う。

「けれど火琳は賢い子だわ。自分は女王になるのだと、覚悟を決めて邁進《まいしん》している。蠱師の血に心煩わされることも、いずれなくなるでしょうよ」

「そうだな……その日が来るのを待つしかないか……」

「ええ、そうよ。子供たちのことは心配でしょうけれど、今はそれより考えなければならない問題が他にあるでしょう？」

「ん？　何だ？」

「……お前は目の前にいる妻を見て何とも思わないの？　あれからずっと、この姿のままなのだけれど？」

玲琳は腰に手を当て、床に座り込む夫の前で仁王立ちになる。

「んん？　ああ……そういえばそうだったな」

鍠牙はぽんと手を叩いた。玲琳はジト目でそんな夫を見やる。

「だいたいお前だって、早く元に戻ってくれないと困るようなことを言っていたのではないかしら？」

「確かにそうなんだが……」

鍠牙は座ったまま顎に手を当て、しばし考えるそぶりを見せ――

「よく考えたらこのままでも問題ないような気がしてな。そもそも俺は、あなたが女でも男でも獣でも蟲でも構わないからな」

「あらそう？　では今の私がお前の毒を求めて触れても問題はないわね？」

玲琳は童女らしからぬ笑みを浮かべて彼の首へと柔らかく腕を回した。そして唇を重ねようと顔を近づけ――しかしすんでのところで肩を摑まれ、押し返される。

「やめてくれ、姫。今の姿ではとても無理だ。罪悪感極まると言ってるだろ」

と、彼はあっさり玲琳を拒絶した。

この調子で数か月、彼は玲琳を拒み続けている。そう――たとえ玲琳が女でも男でも獣でも蟲でも構わないと嘯《うそぶ》くこの変態が、たかだか外見が童女に戻ってしまったというだけの理由で、玲琳を拒絶するのだ。

そもそも嫁いだ当初、鍠牙は玲琳が幼すぎるという理由で触れようとしなかった。故に、今回もその延長で同じことを言っているのだと初めは思ったのだが……すぐにそうではないと気が付いた。

罪悪感などという言葉は、彼の行動を制限しない。罪悪感を抱くような感性を持ち合わせていないから――というわけではない。その逆だ。彼の人生は罪悪感というものに苛《さいな》まれすぎていて、今となってはいかなる罪悪も彼の心に漣《さざなみ》一つ立てることはできないのだ。

では何故《なぜ》彼は童女となった玲琳に触れることを厭うのか——？

想像するのは容易だった。

彼はたいてい、子供に優しい。自分の子供らだけでなく、相手が幼ければ無条件で甘いのだ。泣いていれば慰めてやるし、傷つけるようなことは絶対にしない。そして案外、子供をあやすのは上手《うま》い。

だがそれは、決して彼が子供好きであることを意味していなかった。そう、彼は断じて、子供が好きなわけではない。むしろその、逆だ。

彼は……楊鍠牙は、本質的な部分において子供というものが苦手なのだろうと、玲琳は思っている。おそらく彼は、子供というものを恐れているのだ。その恐怖故、彼は無条件で子供に優しい。

鍠牙が今の玲琳に触れたがらないのはそれが理由なのだろうと、玲琳はおおむね理解していた。

じっと見つめると、鍠牙は困ったように苦笑いしている。

玲琳はそんな彼を更に見つめ、見つめ、見つめて……

「ここには今、私たち以外誰もいないわ」

「だから、これ以上誘惑するのはやめてくれと……」

「私以外、誰も見ていないわ」

少し言い方を変えると、鍠牙はたちまち真顔になった。

「これ以上我慢しなくてもいいわ。思うように振る舞ったところで、誰にも知られることはないのだから」

するとと鍠牙は無表情で玲琳をしばし見つめ返し、突然体を前に傾けた。拳を膝について倒れるのを堪え、冷や汗をかきながら荒く苦しげに息をする。

「悪化しているわね」

玲琳は冷静な眼差しで鍠牙を観察する。

「骸《がい》のかけた毒蟷螂の呪い……その歪《ひず》みだわ」

呟《つぶや》き、ほんのわずかに顔をしかめた。

今から数か月前の冬、鍠牙はとある男に呪われた。骸という名のその男は、飛《ひ》国の蠱師一族に生まれた剣士で、蠱師を滅ぼさんと憎んでいた。そしてその手始めに、鍠牙を呪ったのである。

無論鍠牙は蠱師ではない。むしろその逆……鍠牙もまた蠱師を憎んでいる者の一人なのだ。蠱師である玲琳を娶《めと》って八年以上経《た》った今でも、彼は変わらず蠱師を憎み続け、そしてそれをおくびにも出さない。

そんな男であるが故に、骸は鍠牙を呪ったのである。蠱師に対する憎悪が最も顕著だった十代の頃に若返らせ、自分の味方にしようとしたのだ。しかし鍠牙に掛けられた術は破れ、彼は大人の姿に戻った。そしてその術を解いた玲琳が、代わりに呪われ童女の姿になってしまったのである。

一見、鍠牙には何の問題もないように思われたのだが……実のところ彼の呪いは解けていなかった。呪いは歪《いびつ》に引き千切られ、半分だけが解けずに残った。

玲琳は一つため息をつき、鍠牙の頬に指を這《は》わせた。

「お前も理解しているのでしょう？　私もお前も、毒蟷螂に時を奪われているわ。お前が奪われた過去の時は元に戻ったけれど、未来の時は今もまだ、奪われたままなのよ。そして私は過去の時も未来の時も奪われたままだわ」

「ああ、そうらしいな」

鍠牙は苦しそうに相槌《あいづち》を打ち、頬に触れる玲琳の幼い手に大きな手を重ねた。

「ええ、そうよ。だから分かっているわね？　私たちの未来の時は奪われたまま……つまり、寿命が短くなってしまったということよ」

「ああ、そうらしいな」

彼はまた相槌を打つ。苦しげに……そして無関心そうに。彼の頬をこのまま引っぱたいたところで、誰が自分を咎《とが》めるものかと玲琳は呆れた。

「そうね、お前はそういう男だったわ。お前が何を考えているかなど、明日の天気より容易く想像がつく。どうせお前は、共に死ねるのなら寿命など多少縮んだところでどうでもいい……とでも思っているのでしょう？」

　すると鍠牙は荒い呼吸をしながら眦《まなじり》を吊り上げた。

「姫、見くびらないでくれ。俺がそんなことを考えるわけがないだろう？」

「へえ？　本当に？」

　玲琳は彼の両の頬を手で押さえ、じいっと瞳を覗き込んだ。

　そこには苦痛と決意と……そして真実の光があった。

「俺の命は姫に握られているのだから、俺が自分の寿命のことなどいちいち考えたりするわけがない」

　真摯にそう返され、玲琳はふっと笑った。

　なるほど……寿命などどうでもいい……とすら、考えもしないのか……

「どうやら私の思慮が足りなかったようね。では、言い方を変えるわ。鍠牙、このままだとお前は近いうちに死んでしまう」

　すると彼はようやくはっきりと驚きの表情を浮かべた。

「そうなのか？」

「ええ、そうよ。この毒蟷螂の蠱術……懐古の術は、過去と未来の時を同時に奪うことで成立するの。どちらか一方を奪うことはできないわ」

「何故だ？」

「当たり前でしょう？　過去の時だけを奪って好きなように若返ることができるなら、不老不死だわ。仙人ではあるまいし……そんな人間はこの世に存在しない。死とは生の、唯一にして不変の条件なのだから」

　明言すると、鍠牙は納得したように頷き……傍の椅子に寄りかかった。もう、座っていることも辛そうだった。

「過去の時だけを引き千切って無理やり取り戻したお前は、時が歪に捩《ね》じれてしまっているのよ。肉体が、それに耐えられず悲鳴を上げている。このままでは遠からず死ぬわ」

「そうか……俺は死ぬのか……」

　ぐったりと椅子に寄りかかったまま彼は呟く。玲琳はぐっと歯嚙《はが》みして言った。

「いいえ、私が毒蟷螂を支配して、お前から奪っている未来の時を返せば、お前は死なずに済むわ。お前は絶対に死なせない。私が必ず助けるわ」

　その宣言に、鍠牙はのそりと顔を上げた。疑《うたぐ》るようなまなざしが玲琳を射る。

「……あなたらしくない物言いだ。俺が目を離した隙に、どこぞの聖女がその体を乗っ取ったんじゃないか？」

「馬鹿なことを。私はただ、蠱師として……」

玲琳が言いかけたところで、鍠牙はふと気づいたようににやりと笑った。

「ああ……そうか、なるほどな。あなたが解蠱《かいこ》に失敗したせいで、俺は今この状態になっているんだからな。俺が死んだらあなたの未熟のせいだ。そうだろう？」

脂汗をかきながらにやにやと笑う。玲琳は忌々しげに鼻を鳴らした。

「お前の命などどうでもいいけれど、蠱師の名に傷をつけるわけにはいかないわ」

と、玲琳は苦しそうな彼のご機嫌を取ってやった。

「そうだな、俺も子供たちが無事成長するまでは死ねんよ。仕方がない、諦めるとするか……」

そう言うと、鍠牙は軽く玲琳の手を引き、幼い体を腕の中に閉じ込めた。まったく予想もしていなかったその行為に、玲琳は面食らう。

「鍠牙？」

「俺の毒が必要なんだろう？」

苦々しく呟き、鍠牙は玲琳の唇を塞いだ。

玲琳は一瞬天地がひっくり返るほど驚き、しかしすぐ久方ぶりの感覚に溺れた。

毒に浸る快感を求めて手を伸ばし、幼い腕を鍠牙の首に回す。

「ふふふ……お前は本当に済度しがたい男ねえ……こんなに自分を痛めつけて……そうしないと生きることもできないのでしょうねえ……大丈夫よ、あげるわ、お前に、至高の痛みを」
唇の隙間からそう言うと、玲琳は小さな歯をむき出しにして彼の舌に噛みついた。

その夜のこと――
玲琳は夢を見ていた。
暗い空間に佇《たたず》むのは血色の蟷螂。いつもの夢だ。
足元には蟷螂が人から奪い続けてきた時が、丸い宝石のようになって転がっている。
その中には、半分欠けた鍠牙の時と、漆黒に輝く玲琳の時もある。
呪われてからというもの、玲琳は毎晩夢の中でこの蟷螂と対峙《たいじ》し続けてきた。
蟷螂は不意に鎌を揺らしたかと思うと、体を縮めて人の姿に変化した。
「お母様……」
玲琳はいつものようにその人を呼んだ。
母の姿をしたそれは、ゆっくり手を上げ遠くを指さした。
「来るよ……」
その瞬間、玲琳は目を覚ました。
一瞬朝かと思ったが、部屋の中は真っ暗でまだ夜中なのだと分かる。

辺りを見回す。奇妙に落ち着かない感覚。何かが……呼んでいるような気がする。

傍らを見れば、鍠牙が寝息も立てず死んだように眠っている。

玲琳はそっと寝台から下りると、静かに部屋を出た。無人の廊下をひたひたと歩く。何かが呼んでいる。身の内に巣くう蟲たちが、ざわめいているのが分かる。その感覚に従って、玲琳は庭園に出ると、毒草園に足を踏み入れた。

そこではっと足を止める。月光の下に、一人の女が立っていた。

「……玲琳……目を覚ましましたか……？」

淡い声がかけられて、玲琳は柳眉をひそめた。見覚えのない女官だ。女官は童女の姿をした玲琳を眺め、わずかに首を傾けた。

「……ずいぶん小さくなってしまいましたね……」

ぼそぼそと陰気な声で女官は呟く。

「お前、誰だったかし……」

そう問いただしかけて、玲琳は突如目を見開いた。

見覚えのない女官？　まさか、どうしてそう思ったのだろう？　玲琳は間違いなく、その女の顔を知っていた。

「おばあ様！」

あまりの驚きに悲鳴じみた声を上げた。女官の姿をしたその女は、間違いなく玲琳の祖母にして蠱毒の里の里長《さとおさ》——月夜《つくよ》だった。

玲琳が近づくと、月夜は居心地悪そうに距離を取った。この人が異常に臆病で警戒心が強く人見知りが激しいことを、玲琳はよく知っていた。ゆえに、月夜がそう滅多なことでは里から出ないことも知っている。玲琳が月夜と会った回数は、七年で両手の指に足りる程度だ。

この人はいつも神出鬼没だが、これはその中でも一、二を争う奇怪な登場だと玲琳はただただ呆れた。わずかに苦笑し、彼女が逃げないようにゆっくりと近づき、そうして玲琳は月夜の前に跪《ひざまず》いてその足に口づける。

「お久しぶりです、おばあ様。いったいどうなさったのですか？　私に会いに来てくださったのですか？」

静かに立ち上がると、絶対的な敬意を払うべき相手として月夜に微笑《ほほえ》みかける。

そんな玲琳を、月夜はじーっと観察する。白濁した右目はかつて玲琳に与えられたもので、今はもう光を映さない。

「……私の幻術が効かなくなりましたね……」

ぼそりと言う。幻術というその言葉で、玲琳はすぐにピンときた。月夜は他人の認識を歪《ゆが》める術を使うことができる。おそらく彼女は、玲琳が月夜を月夜と認識できなくなる術を使っていたのだ。しかし、今の玲琳に、月夜は月夜として見えている。それはつまり――

「……どうやらあなたは……私の力を超えていますね……玲琳……あなたが私を超えるには七年必要だと私はかつて言いました……私の見立て通り……あなたは私を超えました……」

聞き取りづらい小さな声で淡々と告げられ、玲琳は瞠目する。

「私はおばあ様を超えましたか？」

「……はい……超えました……私の見立て通り……」

自分の見立てが当たったことを殊更主張し、月夜は一つ頷いた。その唐突な登場と宣告に、玲琳は言葉を失った。

祖母を超えることは玲琳の宿願――到達すべき頂だったのだ。それを今日この時に突然告げられ、すっかり面食らってしまった。自分がこの人を超えたなどと……

そこで玲琳はふと気が付いた。いや、そうではない。この人を超えることは頂などではない。ただの通過点に過ぎない。これより上の道はまだ、無限に存在するのだ。

そしてその頂には、玲琳がこののち千年生きたところでたどり着けまい。故に玲琳は己の血と、智《ち》を、繋《つな》いできたのだ。母や、祖母がそうしてきたように……

玲琳は一つ呼吸し、その状況を飲み込んだ。

「そうですね……このようなこと、驚くには値しないのでしょうね。私もおばあ様も、いずれこの日が来ることは分かっていたのですから」

それが、とうとう来たのだ。初めから分かっていた当然のこと……そう思うのに、なぜか不思議な悲しみのようなものが胸の奥をちくりと刺した。

「それでおばあ様、今日はいったい私に何の用なのですか？　あなたにお会いできれば私はいつでも嬉しいですが、私を喜ばせるために来てくださったわけではないのでしょう？　しかもこんな真夜中に」

「……そうですね……あなたを喜ばせようと思っているわけではないです……」

「ではどうして？」

するとと月夜は手が届くほどに近づいてきた。玲琳も彼女と向き合い居住まいを正す。月夜は無言でゆっくりと手を伸ばし、玲琳の喉元に触れた。ともすれば命を狙っているとも見えるその行為を、玲琳は拒まなかった。しばしの静寂と緊張が過ぎ去り、月夜は玲琳から手を離した。

「……本当にあなたが持っているのですね……森羅《しんら》の報告は正しかったということですね……」

「何のことでしょう？」

「赤の蠟螂――あなたの中にいますね？」

ずっと逸《そ》らされていた月夜の目が、真っすぐ玲琳を射た。声から脅《おび》えが消え、月夜は蠱毒の里の里長になった。

赤の蟷螂——その言葉が何を指しているのか玲琳は無論すぐに分かった。玲琳を呪い、時を奪い、童女にし、夜ごと夢に出てくるあの蟷螂のことに違いない。

この蠱の正体に玲琳は心当たりがあった。昔、母から話を聞いたことがあったからだ。

玲琳はその一連の出来事を、忠実なお付き女官であり蠱毒の里出身の暗殺者でもある葉歌《ようか》に全て話している。蠱毒の里での符丁は森羅といい、里長に絶対服従する存在だ。故に葉歌は、それを全て里長である月夜に伝えたはずだ。だとしたら今月夜がここにいるのは、そのことに関して何か話があるからに違いない。

そして玲琳も、彼女に確認しておかねばならないことがある。

「おばあ様、確かに私の中には毒蟷螂がいます。懐古の術を使うための毒蟷螂……これは蠱毒の里に伝わる術だと、お母様から聞いたことがあります。だとしたら、おばあ様、私を呪うこの蠱は……蠱毒の里で生み出されたものなのですか？」

「ええ、そうです」

月夜は穏やかに断言した。

「蠱毒の里には代々里長が受け継いできた蠱が四体存在します。黒の百足《むかで》、赤の蟷螂、青の蝶、白の蛇。歴代の里長の血を与えられ、力を増した四体の蠱」

淀《よど》みなく言い、玲琳の胸元を指す。

「この蠱のことは、あなたも知っているはずです。黒の百足は七年前、あなたが私から奪いましたね。あの時、私はあなたに里長の座を譲ることを決めました。青の蝶は私の中に、白の蛇は里に封じられています。そして赤の蟷螂は、半年ほど前に里から盗み出されて行方が分からなくなっていたのです」

「……それが私を呪った蟷螂の正体なのですね……」

玲琳は己の胸を押さえた。

この中にいる赤の蟷螂……それを操っていたのは、骸という男だ。彼は確かに飛国の蠱師一族に育てられた男だったが、しかし蠱師ではなかった。彼は、蠱術を扱える人間ではないのだ。それが、玲琳を童女に変えてしまうほどの蠱術を――しかも、蠱毒の里に代々伝わる蠱を使ったのだ。

赤の蟷螂が盗まれたのは半年ほど前。それは玲琳がちょうど骸に出会った頃……

「おばあ様は、骸という男の話を聞いていらっしゃいますか？」

「……森羅から……聞いています……」

月夜はさっきまでの圧を消し、うつむきがちに答えた。

「骸が蠱毒の里から赤の蟷螂を盗んで私の夫を呪った――などということは、ありえません」

「……ええ……そうでしょうね……」

「ええ、絶対にです。そもそもあの男は蠱師ではありませんし、それに蠱毒の里の場所は、蠱毒の民しか知りません。私の夫も子供も知らないのです。蠱毒の里から離れている者で場所を知っているのは、私と葉歌だけです。そして葉歌は、私を決して裏切らない」

「……ええ……そうでしょうね……」

「それなのに、骸は蠱毒の里に伝わる蠱を操って私の夫を呪いました。それはつまり──」

「まあ……それは別にいいのです……」

「……はい？」

突然話を切られて、玲琳は間の抜けた声を上げた。

しかし月夜は平然としたもので、ぼそぼそと話を続けた。

「……この話を……しに来たわけではないのです……」

「ええと……では、何のためにいらしたと？」

玲琳は半ば呆れて聞き返した。どう考えても、今の我々にとってそれより重要なことはないと思われたからだ。

「……玲琳……あなたは私の力を超えました……あなたは……蠱毒の里の里長になり

ます……」
「……はい」
月夜が何を言いたいのか分からないまま、玲琳は頷いた。
「……玲琳……あなたは……蠱毒の里の里長を……どのようなものだと思っています
か……？」
どのようなもの……？　とは、いったいどういう意味だろうか？
「蠱毒の里の里長は、この世で最も優れた蠱師——と、私は母に教わりました」
母の胡蝶《こちょう》はいつもそう言っていた。今考えると、そこには苦々しさと憧れが混在し
ていたように思う。胡蝶は月夜をいつもボロクソに貶《けな》していたが、圧倒的な畏怖を感
じ、決して敵《かな》わぬと思っているようでもあった。それでも母しか蠱師を知らなかった
玲琳にとって、母はこの世で最も強い蠱師だったのだが……
玲琳の答えに、月夜はしばしの間黙り込んだ。そして再び小さく口を開いた。
「……あなたは誤解している……と……私は思います……」
「誤解？」
「……胡蝶もそうでした……あなたたちは……蠱毒の里の里長を……誤解しています
……」
「……どのように誤解していますか？」

玲琳は眉を顰《ひそ》めて聞き返した。月夜と顔を合わせた回数は多くない。それでも、自分が彼女を誤解しているとは思わなかった。

「あなたはこの世で最も優れた蠱師でした、おばあ様」

玲琳は過去形で断言した。そんな玲琳を真っすぐ見つめ、月夜は微《かす》かに微笑んだ。

彼女が笑うのは本当に珍しく、玲琳はどきりとする。

「……玲琳……蠱毒の里の里長は……ただの蠱師です……そのようなものに……大した価値などありはしません……あなたが継ごうとしている地位は……ただの名前でしかなく……あなたの真価を左右することはありません……蠱毒の里の里長に価値などありません……」

断言というには弱すぎる口調で月夜は言った。

玲琳は驚きと動揺で一瞬反応できなかった。

「……我々蠱毒の民は……権力者の庇護《ひご》を拒み……表舞台に立つこともなく……富を手にすることも……名声を得ることもなく……ただ毒を生み……人を呪い……蠱術の強さと美しさだけを求め……血と智を繋いできました……」

「ええ、知っています。その果てに生まれたことを誇りに思っています」

玲琳は反射的に言葉を返していた。すると月夜はわずかに目を伏せた。

「……そうですね……蠱師は一国の王すら容易く殺すことができます……私たちの術

は強く美しく……できないことは何もない……そして……それゆえ遠からず私たちは滅びることでしょう……」

月夜は淡々と続ける。その言葉が意味するものを玲琳は知っていた。蠱毒の里の蠱師たちは、強い蠱師を生み出すためあらゆるものを犠牲にしてきたのだ。長い年月をかけて近しい血を掛け合わせ、血を煮詰めて強さを求めた。そしてその結果、彼らは酷く短命な種族になったのだ。

彼らは強く美しく——脆《もろ》い。

「……それでよいのです……強く美しくいられないのなら……滅びた方がよいのです……その強さと美しさを維持するために存在してきたただの役割……それが蠱毒の里の里長の正体なのです……」

そこで彼女は真っすぐ玲琳を見つめた。

「それでもあなたは蠱毒の里の里長になることを望みますか？」

「望みます。いえ……もう決めています」

玲琳は即答した。

「七年前からもう決めています。私が里長になります」

「……こんなものには何の価値もありませんよ……」

「価値があるからなるわけではありません」

「……そうですか……それなら……なれぱいいと思います……」

「言われなくともなりますが」

いったいぜんたい、彼女は何の話をしに来たのだろうかと玲琳はますます訳が分からなくなった。

「おばあ様、私が里長になることに何の不満が……」

「……あなたに……渡したいものがあります……」

ぬるりと言葉を遮られ、玲琳は会話の行く先を失った。

「渡したいもの？　何ですか？」

仕方なしに言葉を引き取ると、月夜はゆっくりと手を伸ばし、幼い玲琳の頰に手を触れ、顔を近づけ……

「この世を壊すほどの力を」

そう告げると、玲琳の唇を己の口で塞いだ。次の瞬間、玲琳は頭を殴られたような衝撃を受け、息が詰まり、毒草園に倒れた。

苦しげにあえぐ玲琳を、月夜は冴《さ》え冴《ざ》えとした瞳で見下ろした。

「……蠱毒の里の里長が代々受け継いできた特別な蠱は四体……黒の百足……赤の蟷螂……青の蝶……白の蛇……これらを同時に扱えば……この世の理《ことわり》を覆す術となる……大陸を血の海に沈める究極の毒を生み出すことさえできる……そう伝えられてい

ます……しかし四体同時に扱うことができたのは初代の里長ただ一人で……それ以降四体を同時に扱えた里長はいません……」

そこで一瞬、口惜しげに顔をしかめる。

「……里長となって数十年……私は四体の蠱を支配し……究極の毒を生み出そうと努めてきました……けれど……私にはできませんでした……私が扱うことのできた蠱は三体まで……受け継いだ四体の蠱を支配しきることはできなかったのです……」

一旦言葉を切り、月夜は苦しむ玲琳の髪をそっと撫でた。変にぎこちないその手つきは、彼女がそういうことに慣れていないことを瞭然と悟らせた。

しばし玲琳の髪を撫で、月夜はわずかに顔を近づけた。

「……ですからこの蠱を……あなたにあげます……どうか私の成せなかったことを成してください……この世の理を覆す究極の毒を……生み出してください……」

ぞっとするような声が耳から忍び込んできて、玲琳は一瞬痛みを忘れた。

凍り付く玲琳を見て、月夜はそっと身を離した。

「……元気で……」

最後に小さく呟き、月夜は静かに背を向け立ち去った。

その瞬間、全身からぶわっと汗が噴き出し、再び痛みが襲いかかってきた。

玲琳は夜が明けるまで毒草の中でのたうち回り、その痛みに耐え続けた。

痛みは、それから丸三日の間続いた。

夜が明けて玲琳の異状を知った後宮の面々は、みな真っ蒼になって右往左往したが、結局何もできぬまま、苦しむ玲琳を見守ることしかできなかった。子供たちには玲琳が風邪をひいてしまったと伝え、部屋から遠ざける。誰もが暗澹《あんたん》たる思いで見守る中、ただ一人平然としていたのは夫の鍠牙だった。彼はわずかも狼狽《うろた》えることなく、ただ黙ってそばに居続けたのである。

そして三日後の夜明け――玲琳の体は突然発熱した。

あまりの熱さに耐えられず、玲琳は痛い体を引きずり起こして無理やり着物を脱ごうとした。

「姫？　どうした？　死ぬのか？」

突然の異常行動をとる妻を見て、鍠牙は淡々とそう聞いてきた。

頭の中まで熱くなっていた玲琳は、その不謹慎な問いかけに腹が立ち、痛みも熱さも吹き飛んだ。

半裸のまま、血走った目でぎょろりと鍠牙を睨みつける。

「妻が苦しんでいる横でのうのうとしている愚鈍な男に飲ませる毒などないと見える

わね！」

　思わず怒鳴りつけたその瞬間、口から、袖口から、胸元から、大量の青い蝶が舞い出てきた。

　数百を超える蝶の群れに、玲琳は唖然《あぜん》とする。そして、三日三晩玲琳を苛み続けた痛みは、蝶を出した瞬間綺麗《きれい》さっぱり消えていた。

「おい、姫……何の真似《まね》だ？」

　同じく唖然としていた鍠牙が、非難するように問いかける。まあ、妥当な質問ではある。

「青の蝶……」

　玲琳は思わず呟いていた。祖母の月夜が言った、里長の受け継いできた蠱の一つ。それが今、間違いなく玲琳の肉体に受け継がれていた。

　黒の百足、赤の蟷螂、青の蝶、白の蛇……四体同時に扱えば、この世を壊す猛毒を生み出せるという蠱……そのうちの三体が今、玲琳の中に存在しているのだ。

　しかし玲琳の体は未だに童女のままで、赤の蟷螂が玲琳の支配を受け入れていないばかりか、玲琳を呪っていることを示していた。

　あの夜玲琳に会いに来た月夜は、これが目的だったというのか……？

　あまりにも唐突で、あまりにも強引なやり口に、玲琳は戸惑うばかりだった。

「おばあ様……いったい私に何をさせようというの……？」

玲琳は剣呑《けんのん》な眼差しで優雅に舞う蝶を睨み上げた。

「おい、姫。これを引っ込めてくれ！」

鍠牙が大量の蝶から逃げながら叫んだ。蝶は鍠牙を取り囲み、鋭い口を伸ばしている。血を啜ろうとしているのだと何故か分かった。この蝶は、無限に人の血を吸り力を蓄える吸血蝶。

「おいで！　みんな戻りなさい！」

玲琳が声を張ると、蝶たちはひらひら舞っておとなしく玲琳の中に帰ってきた。

ほっと息をつくと――突然何の前触れもなく部屋の戸が開かれた。飛び込んできたのは女官の葉歌だった。

葉歌は彼女らしからぬ険しい表情で近づいてくると、途中でつんのめり、べしゃっと床に膝をついた。そしてそのまま放心する。

「葉歌？　大丈夫？　いったいどうしたの？」

とてもいつもの彼女とは思えぬその姿に、玲琳は慌てて声をかけた。寝台から飛び降りて駆け寄ると、葉歌は玲琳の小さな手をいきなり摑《つか》む。ぎりぎりと締め上げるその握力は、玲琳が今までに経験したことのない類のものだった。

「葉歌！」

思わず名を呼ぶと、葉歌はうつろな瞳で玲琳を見上げた。

「玲琳様……」

お妃《きさき》様ではなく、玲琳様と彼女は言った。

「ええ、どうしたの？」

「……月夜様がお亡くなりになりました」

葉歌はひび割れたような声でそう告げた。

第二章　毒乙女の園へ

ああそうか……最初に思ったのはそれだった。

だから彼女は会いに来たのだ。

「おばあ様が亡くなったというの？」

玲琳は落ち着いて聞き返した。対する葉歌は酷く動揺している。

「……はい……乾坤《けんこん》からそう知らせがありました……三日前……玲琳様のもとを訪れたあと……里へ帰る間もなく亡くなったと……」

葉歌が月夜の来訪を知っていたことに少し驚きながらも、玲琳は先を促した。

「死因は？」

「……月夜様は五十をとっくに超えておられました。近年は病んでおられました」

「……寿命ということ？」

「……はい」

やはりそうなのだ。月夜は自分の死期を悟り、そして最後に会いに来た。

玲琳が最後に見た彼女の姿を思い出していると――狼狽《ろうばい》していた葉歌が、突如床に深々とこうべを垂れた。

「森羅とは里長の命に従い、里長の命を守る者……私はこれよりあなた様のしもべとして服従し、この身が滅ぶまでお仕えいたします、新たなる里長」

突然の変わり身に、玲琳は一瞬驚いた。しかしすぐにその言葉を受け入れ、葉歌の目の前に立った。

「ええ、いいわ。お前の命は私が預かろう。私の言葉に従い、私を守りなさい」

「はい、玲琳様」

葉歌はますます深く頭を床にこすりつけ、そこで急に顔を上げた。

「ではまず、里長の座に就く儀式を行うため、蠱毒の里へお戻りください」

「儀式？」

玲琳はきょとんとして首を捻《ひね》る。

「ええ、月夜様はあなたを新たな里長に選びましたが、蠱毒の里の里長は、蠱毒の民に認められなければ里長になることができません。あなたを新たな里長として受け入れる儀式を行うため、里へ戻るように――と、長老が仰せです」

里へ戻る――一度も行ったことがない里へ戻るというその言い方が、玲琳は少し気に入った。

「なるほど、何もせず里長になることはできないということね」

「まあ、そういうことですね」

「いいわ、蠱毒の里へ行きましょう」

玲琳は幼い胸に手を当てて、そう宣言した。

その内側に秘められた蠱たちが、いかなる目的をもって与えられたものなのか……

この時の玲琳には知る由もなかった。


「明日、出立することになったわ」

玲琳がおもむろに告げたのは、月夜の死から半月後のことだった。

新たな里長を迎える準備がようやく整ったと、蠱毒の里から知らせがあったのだ。

別離を告げられた相手は夫の鍠牙である。玲琳にとって、最後にして最大の難関がここであった。この男は玲琳が傍から離れることを極端に嫌がる。愛《いと》しい妻を離したくないなどという可愛らしいものではなく、彼は玲琳から離れることが不安なのだ。

特に今は、玲琳の命を狙う骸の存在がある。一筋縄ではいかないだろう。

「……いつだ？」

と、自室の長椅子に腰かけていた鍠牙は聞き返してきた。

「だから明日だと……」

「そうではなく、いつ帰ってくるんだ？」

出立の前から帰る時のことを考えるんじゃない！　と思いながら、玲琳は彼の膝によじ登った。

「いつ帰ってきてほしいの？」

童女らしからぬ艶《なま》めかしさで問いを返すと、鍠牙は眉根を寄せて少し考え、

「別にいつでも構わんよ」

などと予想外のことを言った。

「……何を企《たくら》んでいるの？」

「別に何も企んではいないさ」

鍠牙は心外そうに答える。

しかし玲琳はとても信じられなかった。

この男は三千世界を探しても見当たらぬほどの愚か者。こちらが想像もしていないようなことを企んで、周囲に多大なる迷惑をかけておきながら、賢君の皮を被り続けている大馬鹿だ。そんな男の言葉を信じるほど、玲琳は残酷ではない。

まったく自分は夫に甘いと、玲琳は苦々しく思うのだった。

「さあ、白状なさい。何を企んでいるの？」

玲琳が鍠牙の頬を両手で挟み、間近で睨みつけていると――部屋の扉が開いて二人の幼子が飛び込んできた。鍠牙はたちまち玲琳を膝の上から押しのけて長椅子に座らせ、やましいことなど何もありませんとばかりに立ち上がった。

「お母様！　蠱師の里長になるって本当⁉」

駆け寄ってきた火琳が興奮した様子で聞いてくる。

「ひいおばあ様がおなくなりになったってほんとうですか？」

悲しげに聞いてくるのは炎玲だ。

「ええ、本当よ」

玲琳は二人に向けて答えた。

火琳と炎玲は一瞬顔を見合わせ、すぐにぷいっとそっぽを向いた。火琳はともかく、炎玲がそういう態度をとるのは珍しかった。

「お母様はこれから蠱毒の里へ向かうわ。お前たち、いい子で留守番できるわね？」

「私たちを連れていってくれないの？　お母様」

「それはダメです、火琳様」

きっぱりとそう言ったのは、背後に控えていた葉歌だった。

「蠱毒の里に足を踏み入れることができるのは、蠱毒の民と……蠱師だけです。火琳様、蠱毒の里があなたを受け入れることはありません」

その物言いはいつもの葉歌とあまりにも違っていて、その場の全員が少なからず驚いた。無論、玲琳もである。

はっきりと拒まれた火琳は、口をへの字にして泣くのを堪えるような顔をした。すると、

「じゃあ、僕なら行ってもいいの？」

炎玲がそんなことを言い出した。蠱師ではないことを理由に拒まれた姉の隣で、そう言ったのだ。いつも火琳のことを慮《おもんぱか》っている炎玲とは思えない言葉だった。

傍らの火琳は、目を皿のように大きく見開いて、信じられないと言わんばかりに炎玲を見ている。

玲琳はしばし驚きに浸り、ふっと笑った。

「炎玲、お前は蠱毒の里に行きたいの？」

「はい、行きたいです。僕は蠱師だから、行ってもいいでしょう？」

その場の全員が愕然《がくぜん》として炎玲を見つめる。この王子がこんな風に自己主張するのは珍しいことで、姉の後をついて行動しているのが常のことだったから、態度を豹変《ひょうへん》させた彼に皆が戸惑いを隠せなかった。

玲琳は少し思案して葉歌を見上げた。

「可能かしら？」

「……そうですね、炎玲様は確かに蠱師ですから、問題はありません」

「分かったわ。炎玲、お前を連れていきましょう」

考えた末、玲琳はそう返事をした。この子が初めて火琳と離れることを選んだのだ。その意味と価値を、玲琳は捨てるのが惜しいと思った。

控えていた女官たち、護衛たち、みながざわつく。

玲琳はそれらを抑えるように軽く手を上げる。童女のその仕草にみなが息を呑む。

「山奥へ赴くのだから護衛が必要ね。蠱毒の里は危険な場所だわ。毒が蔓延《まんえん》する死の里。護衛も毒に耐性のある者でなければ」

そう言うと、玲琳は周囲をぐるりと見まわした。

「雷真、お前が供をなさい」

指をさすと、雷真は目を剝いた。

「私が……ですか!?」

「ええ、お前に毒は効かないでしょう？　それに、お前は強いわ」

微笑む玲琳を見下ろし、雷真は困惑するような憤慨したような顔になった。

雷真は蠱師の血を引いており、男にしては稀有《けう》なことに蠱師の素質があるのだ。彼にとって強さを褒められることは誇りであろうが、蠱師の血を褒められることは屈辱であろう。

「葉歌、これは可能かしら？」

玲琳はまた葉歌に確認した。葉歌は少し考えて頷いた。

「はい、雷真さんも蠱師の力を持っていますからね、問題ありませんわ」

「結構、ならば護衛は雷真に任せるわ。そして葉歌、お前が道案内をなさい」

玲琳の命令に、葉歌はこうべを垂れることで応じた。しかし、

「いやいや、玲琳様！　こいつを連れていくのはともかく、葉歌さんを連れていくのは危ないですよ！」

そこで、ぽかんとしていた風刃が勢いよく待ったをかけた。

「いや……ってか……葉歌さん、何なんです？　蠱毒の里のこと、何でそんなに知ってるんですか？　葉歌さんは玲琳様のお気に入りの……ただの女官でしょ？」

「まさか、葉歌殿は……蠱毒の里と何か関わりがあるのですか？」

雷真も警戒するように問いを重ねる。男たちの懐疑のまなざしを受けた葉歌は、うっと言葉に詰まって目を泳がせた。だらだらと汗をかいて悩み果て――

「わ、私は蠱毒の里で生まれたのですわ！」

葉歌はとうとうそう明かした。

「え!?　マジで!?」

「なんと……本当ですか!?」

風刃と雷真は同時に驚愕《きょうがく》の声を上げた。

葉歌は両手を胸の前で握りしめ、こくこくと何度も頷いた。

「はい……ですが、私は蟲師じゃありません。私は……蟲毒の里に生まれながら蟲師の力を持たなかった出来損ないなんです。一族の者からは冷遇され、里を出て、玲琳様を捜して斎の後宮へ……そこで斎の女帝李彩蘭《りさいらん》様に雇われて、玲琳様にお仕えすることになったんです。私には何の力もないんです」

「何の力もない……」

玲琳は思わず繰り返してしまった。うっかり、笑いそうになる。ふと見ると、傍らの鍠牙も笑いを堪えているようだ。

「私は蟲師にもなれなかった無力な女ですが、それでも蟲毒の民の一員です。里への道は分かります」

「そうだったんですか……まさか葉歌さんが蟲毒の民だったなんて……。だけど、蟲師の力がないんじゃ、里に帰るのは怖いんじゃないですか？」

風刃が感心したような心配そうな声で呟いた。

「お任せください、葉歌殿のことは私がお守りしますので」

雷真が真面目な顔で言う。

そんな彼らを見て、葉歌は自らの口に両手を当てた。

「お二人とも……そんなに私のことを心配してくださってありがとうございます。お妃様ときたらいつも人使いが荒くて、私に無茶な要求ばかりなさいますから、こんな風に庇っていただけると嬉しいですわ。けれど心配なさらないでくださいまし。私、お妃様の無茶振りには慣れておりますから！」

涙目で言い放つ。

「葉歌、私とてお前のことを大切に想《おも》っているのよ？」

玲琳はさすがに口を挟んだ。これではまるで、自分が非人道的な行いをしているかのようではないか。しかし葉歌はくわっと牙を剥いた。

「そんなの知ってますよ！　だけどお妃様はその大切な私をいつもいつもこき使うじゃないですか！」

「だってお前が頼もしいのだもの」

「それはどうも！　光栄ですわ！」

葉歌は荒々しく鼻を鳴らした。

「一緒に行ってくれるわね？」

「もちろん地獄の果てまでお供しますとも！」

「嬉しいわ」

玲琳は心からそう言って微笑んだ。

そういう形で話は終わった。

そして……火琳は俯《うつむ》いたまま、最後まで何も言わなかった。


翌朝、玲琳一行は慌ただしく出立することとなった。

同行するのは炎玲と、護衛の雷真、女官の葉歌、合わせて四人である。

大仰な隊列を組むでもなく、二頭の馬に葉歌と雷真がそれぞれ跨《またが》り、葉歌の前に玲琳が、雷真の前に炎玲がそれぞれ座った。

お忍びでの旅路であるが、玲琳がわずかな供を連れて出ていくことは後宮の皆がすでに知っていて、大勢が門扉まで見送りに駆けつけた。

それにしても、王妃がこんな風にお忍びの旅をすると知っても平然としているこの後宮の者たちは、肝が据わりすぎじゃなかろうかと玲琳は思った。そもそも玲琳が童女となったことに、もはや動揺している者は一人もいない。本当に肝が据わりすぎだ。

見送りの先頭には、蠱毒の里へ行くことができない風刃が険しい顔で立っていた。

「おい雷真、てめえ炎玲様を頼んだぞ」

喧嘩を売るような物言いで頼まれた雷真は、同じく険のある態度で言い返す。

「貴様こそ、火琳様と……陛下を頼んだぞ」

「分かってらあ」

それを聞いた玲琳はふと口を挟んだ。

「お前たち、鍠牙が心配？」

護衛である彼らが王子と王女を案じるのは当然だが、鍠牙のことを心配しているのは少し不思議だった。すると彼らは同時に玲琳の方を向いた。

「この状況で、陛下が玲琳様をあっさり送り出すなんてありえない。あの人はいつか恐ろしいことをしでかすかもしれないって、俺はずっと思ってるんですよ」

「……陛下に対して無礼なことを言うな」

「お前だって同じこと考えてんだろ？」

即座に言い返されて雷真は黙り込む。

「約束したよな、その時は俺たちで陛下を止めるって。忘れたわけじゃねえだろ」

「……無論忘れるものか」

玲琳は思わず感嘆の吐息を漏らした。彼らは正しい。楊鍠牙の内にある毒を感じ取り、正しく恐れている。彼らは正しい。玲琳も同じことを考えているのだ。鍠牙は何故、骸が逃走したこの状況下で玲琳を容易く手放そうとしているのか……その裏にはとんでもない企みがあるのではないか……

三人が危うい沈黙に襲われていたその時、鍠牙が人垣を割って現れた。その腕には、仏頂面の火琳が抱かれている。昨日からろくに口を利こうとしないのだ。鎗牙が促すように声をかけたが、火琳の愛らしい口は固く引き結ばれたまま開かない。

すると雷真の前に座っていた炎玲が、不意に口を開いた。

「火琳、僕は謝らないよ」

別れの挨拶としてはあまりに不適切なその言葉に、周りの一同がざわつく。火琳の頬がぴくりと引きつる。

「僕は何も悪いことしてないし、間違ったことも言ってないもの。ねえ、だからいいかげん、機嫌を直してほしいな」

それを聞いた火琳はしばし黙り込んでいたが、ぎろりと弟を睨みつけた。

「いいえ、あなたは馬鹿だし、間違ってる。あなたの方が間違ってるのよ。私は何も間違ってないし、何も悪くない！」

「……そう、じゃあそう思ってたらいいよ」

炎玲はいささか冷たい口調でそう言い返した。この少年がこんな風に腹を立てるのは、本当に本当に珍しいことだった。

子供というのはこうも急速に成長するものかと、玲琳は感心した。

そしてふと、そもそもこの二人はいったいどうしてこんなに喧嘩しているのだろうかと不思議に思った。

蠱師としての力を付けつつある弟に、火琳が嫉妬して……と、そう思っていた。だが、火琳という少女はそこまで愚かだっただろうか？　もしかすると他に、何か理由があるのでは……？　不意にそんな疑念が湧いた。しかし、

「お母様、行こう」

炎玲はそう言って、火琳にそっぽを向いた。

火琳も同じようにぷいっと背を向け、父に抱きつく。

そしてお互いもう目も合わせないまま、馬は歩き出した。

喧嘩の原因を突き止めることができないまま、一行は出立する。

玲琳は幾重にも疑問と不安を残して旅立った。


蠱毒の里は、元々斎帝国と魁国の国境に近い山の中に存在したという。

七年前、玲琳は里長になることを決め、そして蠱毒の民を魁へと呼び寄せた。

新たな里は、元の里から山二つ離れたこれまた斎帝国と魁国の国境に近い山の中だ。

しかしそこははっきりと魁国の内側で、斎の支配は及ばない場所である。

春の穏やかな天候の中、馬は軽快に歩を進める。

「お前は新しい蠱毒の里に行ったことはあるの？」

玲琳は後ろに乗っている葉歌に尋ねた。

「え、ありませんよ。だいたいいつだって玲琳様の傍にいたじゃないですか」

なるほど確かに、葉歌はたいがい玲琳の傍にいる。

「里とのやり取りはいつも書簡ですし、里の者に会うこともないですね」

「乾坤にも？」

「兄ですか？　全く会ってませんわ」

乾坤とは葉歌の実の兄で、葉歌と同じく毒の効かぬ剣士だ。

「まあ、里の場所はちゃんと分かってますから大丈夫ですよ。迷ったりしません」

葉歌は安心させるようにそう言った。

「別にそんなことを心配しているわけではないのよ。ただ……そうね、お前には用心していてもらわなければならないわ」

「……用心……ですか？　何かあるということですか？」

葉歌の声がわずかに硬さを帯びる。

「骸のことがあるわ」

あの男は今でも諦めていないはずだ。壊れた心を元に戻すため、本気で蠱師を滅ぼそうと思っている。

「ええ？　あの男のことは心配しなくて大丈夫ですよ。蠱毒の里の場所を突き止められるはずはありませんもの」

葉歌は軽く言ったが、玲琳は渋面で首を振った。

「いいえ、おそらく危険はあるわ」

「どうしてです？」

葉歌は声を低めて聞き返す。後ろからついてくる炎玲と雷真に聞こえぬよう気を配っているらしい。

「……葉歌、私はこれから蠱毒の里で、お前を少しばかり驚かせることをするかもしれないけれど、どうか怒らないでちょうだい」

玲琳は葉歌の問いにあえて答えなかった。葉歌はますます怪訝な顔をしたものの、ため息一つで質問の答えを諦めた。

「今更何言ってるんですか。玲琳様が私に迷惑をかけなかった時なんて今までありましたっけ？」

「お前……私を何だと思っているのよ」

「はいはい、そういう私が好きなんでしょ」

まったく、なんと可愛い女官だろうか。

「それで？　何の危険があるって言うんです？」

「分からないわ。ただ、最悪の場合、私たちは命を狙われることでしょうよ」

「え！　誰に!?」

「……分からないわ」

玲琳は渋面で答えた。

「だからこそお前が必要なのよ。お前、炎玲や雷真を守ってちょうだい」

「そりゃあもちろんお守りしますけど……」

と、葉歌は妙に気が乗らない様子で答えた。

「何か問題があるの？」

「えー、だって、若くて綺麗な殿方の前で敵を切り刻むとか、嫌じゃないですか。猫くらい被らせてくださいよ、せっかく雷真さんは私に親切なのに……」

などとぶーたれる。玲琳は思わず笑ってしまった。

「大丈夫よ。血に塗《まみ》れていてもお前は魅力的だわ」


玲琳一行の旅は、それから五日ばかり続いた。

厳しい冬を越えた魁の村々や、緑の芽吹く山々、草木が風になびく音、川のせせらぎ、全ての光景がのどかで心地よい。

一行は地味な装いの旅人として途中立ち寄った村に泊まり、更に進み、とある山のふもとにたどり着いた。

「この山に、蠱毒の里があるのね」

玲琳は感慨深げに山を見上げた。

「ここから先は馬が通れませんわ。預けて行きましょう」

葉歌はそう言って馬から下りた。二頭の馬を近くの村に預け、葉歌は狭い山道へと足を踏み入れた。玲琳、炎玲、雷真がその後に続く。

山道は次第に険しくなり、春の陽気に後押しされて汗ばんでくる。

「まだずいぶん歩きますけれど、皆様大丈夫ですか？」

しばらく登ったところで葉歌が振り返った。

「まだ歩けるわ」

玲琳は汗をぬぐって答える。

「我々も問題ないかと」

雷真が生真面目に答えた。その背にはいつの間にか炎玲が背負われている。

「それより葉歌殿こそ、慣れぬ山歩きで疲れてはいらっしゃらないのですか？　魔性の者であるお妃様は疲れなど無縁でしょうが……」

雷真は葉歌を気遣った。この男は蠱師を何だと思っているのだろうかと、玲琳はげんなりした。そもそも、彼自身が蠱師の素質を受け継ぐ魔性の者だというのに、まるで自虐だ。

一方気遣われた葉歌はうっとりと頬を染めて微笑んだ。彼女は一般的に美形と呼ばれる男子が好きなのだ。玲琳には全く理解できない感性である。

「大丈夫ですわ、雷真さん。私、山歩きには慣れていますの」

「そうですか……ですが何があるか分かりませんので、お気を付けください。何かあった時には私が葉歌殿をお守りしますので」

雷真は真摯に告げた。

「まあ……雷真さん……」

葉歌はぽーっとなって、守られる自分を堪能する。本当にこの女官は人生を楽しんでいる──と、玲琳はいつも思うのだった。

「頼りにしてますわ、どうか守ってくださいましね」

葉歌は声を弾ませて言うと、足取り軽く歩き出した。

「さあさあ、皆さん。張り切って歩きましょう」

そうして一行は山を登ってゆく。

山を越え、谷を下り、川を渡り、また山を登り……夕日が傾き辺りが暗くなったところで、葉歌はふと足を止めた。きょろりと辺りを見回す。

「……囲まれてますね」

その呟きに、雷真もすぐさま反応する。背負っていた炎玲を下ろし、後ろに庇いながら剣の柄《つか》に手をかける。

葉歌は後ろ手で雷真の行動を制し、すうっと息を吸い込んだ。

「蠱毒の民が一人！　符丁は森羅！　戻って参りました！　お通しを！」

その声は木々の間を縫い、山の中に響いた。一瞬の静寂——そして、目の前にそびえる大木の陰から、数人の女たちが現れた。

「よく戻りました、森羅」

「はい、お久しぶりです。ご命令通り、新たなる里長をお連れいたしました」

「結構、そちらが？」

「はい……月夜様の孫娘、魁国の王妃、李玲琳様です」

すると女たちは顔を見合わせた。

「お入りなさい」

女たちがさっと道を空けると、今までただの草むらだった場所に、新たな道ができていた。幻術……月夜も得意としていた術だ。

女たちの後に続いてゆくと、突如視界が開けて広い空間に出た。

夕景の中、多くの家が立ち並び、広大な畑が広がっている。

初めて見る、これが蠱毒の里……

玲琳は驚いてその光景に見入った。それはあまりにも……あまりにも地味でのどかな光景だった。毒を扱う術者の里にはとても見えない。ただの農村だ。もっと禍々《まがまが》しい何かを想像していた玲琳にとって、それは拍子抜けするものだった。

「こちらへ」

女たちに案内され、一行は村の奥へと足を踏み入れる。

そうしてしばし歩いたところで、玲琳は思わず立ち止まった。目の前の光景にまばたきもできず見入る。

ここがただの農村……？　とんでもない思い違いだ。胸が高鳴り、笑い出してしまいそうだった。

目の前に広がっているのはただの畑などではなかった。禍々しい気配を放つ広大な毒草の群れ。その中に、がさごそと不吉な音を立てる蟲たちが無数に潜んでいるのだ。

「なんて美しいの……」

玲琳は頬を紅潮させて感嘆の吐息を漏らした。

華麗な斎帝国の庭園より、玲琳の好みを集約させた魁国の庭園より、この里は遥《はる》かに禍々しく、悍《おぞ》ましく、美しい……何と素晴らしい場所なのだろうか……

うっとりと見惚《みと》れていると、案内をしていた女が冷ややかに呼んだ。

「玲琳様、こちらへ」

玲琳は後ろ髪をひかれながらも、仕方なく彼女の後に続いた。

連なる家々の最奥に、他より少し大きく立派な家があった。とはいえ、やはり農村の民家の域を出てはいなかったが……

その家の前に案内され、玲琳はまた驚く。

家の前には百人を超える女たちが集い、地面に跪いていた。

「顔をおあげなさい、玲琳様のお戻りです」

案内役の女がそう言うと、彼女たちは同時に顔を上げた。その眼差しを一斉に突き刺され、玲琳はぞくりとした。

猛毒を、全身に流し込まれたかのような感覚に眩暈《めまい》がした。そこに宿っているのは、新たな里長に対する敬意でもなければ敵意でもない。そこには……何もなかった。何の感情もない人形のような瞳が、ただ並んでいる。生気のない毒人形の群れだ。

先頭に跪いていた女がゆっくりと立ち上がった。

「よく……戻ってきましたね、李玲琳。里を捨てた胡蝶の娘よ……」

冷たい瞳が童女の玲琳を見下ろす。

「森羅から聞いています。その姿……赤の蟷螂に呪われているのだと……。それで本当に、里長を継ぐつもりなのですか？」

冷淡な問いを受け、一度目を閉じ、ゆったりと開き——

「まず、名乗りなさい。私は知りもしない相手の問いに答えるつもりはない。お前が愚か者でないのなら、名乗りなさい」

玲琳はそう言い、従えと言わんばかりに軽く地面を指さした。

目の前の女はしばし黙り、再び口を開いた。

「私の名は黄梅《おうばい》。蠱毒の里の長老です」

「……長老？」

玲琳は一瞬聞き間違いかと思い、繰り返した。目の前の女はどう見ても四十を超えているようには見えず、長老という言葉があまりにも見合っていなかったからだ。

しかし黄梅と名乗る女は静かに頷いた。

「私は先代里長月夜の妹……月夜様がお亡くなりになった今、私がこの里で最も長く生きている蠱師になってしまいました」

玲琳はまた驚く。近しい血縁者をまじまじと見上げる。

「いくつかしら？」

「もうすぐ三十五になります」

その年で長老になってしまうというのか……普通長老といえば、その倍も生きて古来稀《まれ》なりと言われるものだろうに……

本当に、蠱毒の民とは短命なものなのだ。

玲琳がしみじみと彼らの運命に思いを馳《は》せていると、

「玲琳様、我々はあなたが里長となることを、まだ認めてはいません」

黄梅は淡々とそう言った。

「ふうん？　何故？」

「月夜様は確かにあなたを選んでおられた。けれど私たちはまだ、あなたを認めていません。あなたは私たちに、何の力も示してはいないのです」

頑なに言葉を重ねられ、玲琳はふっと笑ってしまった。

「なるほど、この姿ではお前たちが不安に思うのも無理はないわ」

童女の体で肩をすくめる。

「ならば、どうしたら私はお前たちの里長になれるかしら？」

来るな――ではなく、来い――と、彼らは玲琳を呼びつけたのだ。ならば、里長になるための条件がここにはあるはずだった。

「里長になるための儀式をしていただきます」

「儀式とは？　何をしろというの？」

「……白の蛇を」

わずかに声を低めて黄梅は言った。

「白の蛇？」

「里長が継ぐべき四体の特別な蠱……黒の百足、赤の蟷螂、青の蝶、白の蛇……黒と赤と青は、すでに受け継いだと聞いています。残る最後の一体、白の蛇を捜し出して受け継ぐこと」

その言葉に、玲琳はぐっと眉根を寄せた。捜し出す……というのは、行方が分からないということか？

「白の蛇は、月夜様の手でこの里のどこかに隠されています。それを捜し出して受け継いでください。それが里長になるための儀式です」

「ああ……それがおばあ様の遺《のこ》した最後の試練なのね？」

玲琳はようやく理解し、にやりと笑った。

「いいわ、それでお前たちが納得するのなら、白の蛇とやらを受け継ごう」

受けて立った玲琳に、黄梅は小さく頷いた。

「では……」

「けれどその前に、言っておかなければならないことがあるわ」

玲琳はふと口調を厳しくした。一同の視線が集まる。玲琳は跪く女たちを見やり、大きく喉を開いた。

「赤の蟷螂はこの里から盗まれたものだ……と、おばあ様はおっしゃった」

誰も知るはずのないこの里から、蠱師以外は扱えぬ危険な蠱を盗んだのだ。それが意味するものは一つしかない。つまり——

「この里には裏切者がいる」

玲琳はうっすらと危険な笑みを浮かべる。

「里長だったおばあ様を裏切り……生まれ育った里を裏切り……仲間を裏切り……蠱師の誇りを穢《けが》した者が、この中にいるわ。その裏切者は、他国の蠱師一族に生まれた骸という男と手を組み、蠱師を滅ぼそうとしている」

人形めいた女たちの気配がわずかに揺れた。どうやら赤の蟷螂が里から盗まれたことは誰も知らなかったようだ。管理していた月夜が隠していたのだろう。

骸が蠱毒の里に伝わる術を使ったと気づいた時、玲琳が真っ先に考えたのがこの裏切者の存在だった。裏切者は間違いなく存在する。そして、蠱師を滅ぼそうとしている骸に、赤の蟷螂という力を与えたのだ。

玲琳は百人の女たちを順に見やり、瞳に酷薄な色を浮かべてみせた。

「私はその裏切者を許すつもりはない。必ず裏切者の正体を突き止め、私が里長になったあかつきには相応の罰を与える」

黙っている女たちに、玲琳はくっと皮肉っぽく笑った。

「お前たちは、私を吟味する立場でいるつもりだったのかしら？　いいえ……お前たちが私を見定めようとしているように、私もお前たちを見定めようとしている。覚えておきなさい。私は、お前たちを、見ているわよ」

大きな瞳で、まばたきすることなく、玲琳は彼女たちを見据える。しかしそれでも、女たちは死人のごとく沈黙し続けている。

「さあ……蠱捜しを始めましょうか」

ひらりと手を上げ、玲琳は高らかに宣言した。

「びっっっくりしましたよ！」

里で一番大きな家の中に通されると、葉歌が拳を握ってそう言った。

この家は月夜が暮らしていた家だとかで、玲琳は里長候補としてここに案内されたのだった。

家の中は様々な道具が足の踏み場もないほど並んでおり、雑な字で書きなぐった書き物も山のように積み重ねられている。いかにも月夜の家らしいなと玲琳は思う。

「怒るなと言ったでしょう？」

「怒ってませんけどね！」

どう見ても怒っている。

「……本当に裏切者がいるのですか？」

慎重に声を潜めて聞いてきたのは雷真だ。

「いるわ」

玲琳は即答する。

「だとしたら……」

「ええ、ここは想像以上に危険な場所ということよ」

「何ということだ……」

雷真は苦々しく唸る。

「さて……何から始めたらいいのかしらね」

玲琳は大量の道具や書き物を見下ろして考え込んだ。

「とりあえず、体を休めてからにしませんか？　私、お茶でももらってきますわ」

葉歌がようやく怒りを収め、一人家を出て行った。

玲琳がなおも考えていると、

「ねえ、お母様……裏切者っていったい誰なの？」

炎玲が深刻な顔でそんなことを聞いてくる。

「それはまだ分からないけれど、大丈夫よ。お前のことは、私と葉歌と雷真が、必ず守るわ。そして炎玲、お前は自分で自分を守る力も持っている」

玲琳は力強く微笑みかけた。しかし炎玲はどうも納得していない様子だ。

「……裏切者は……なんで裏切ったのかなあ……何がしたいのかなあ？」

「裏切者が気になるの？」

「うん、気になるよ」

炎玲は小さな頭を何度も縦に振る。

「そうね……ならば、考えてごらんなさい。この里をよく知って、どこに裏切者がいるのか、考えてごらんなさい」

玲琳がそう言うと、炎玲はまた大きく首を振った。

「はい、分かりました、お母様」

素直に答え、真面目な顔でちょこんと床に座り、真剣に何事か考え始める。

しかし少しすると、炎玲の眼はとろんと重くなり、頭がゆらゆらし始めた。

「眠いの？　炎玲」

「んん……」

返ってきたのはあいまいな言葉だった。

「少し寝かせましょうか。でも……この家では難しいかしらね」

ぐるりと見まわす家の中には、人が寝られる隙間などないように思える。

そもそもここで寝泊まりできるのだろうかと心配になった時、家の戸が叩かれ、五人の女たちが入ってきた。

「失礼いたします、わたくし共が玲琳様のお世話をいたしますので、御用がありましたらお申し付けくださいませ」

生物らしからぬ無機質な態度ながらも礼儀正しく頭を下げる。

「ああ、ちょうどよかったわ。どこか休めるところはないかしら？」

「でしたら隣の家をお使いください。ご案内いたします」

「ええ、お願いするわ。炎玲、歩けるかしら？」

玲琳は傍らで舟をこぐ幼子に声をかけるが、彼は瞼《まぶた》が完全に閉じていて、今にもひっくり返りそうだ。

「私がお連れしましょう」

雷真がそう申し出て、優しく炎玲の体を抱き上げた。

すると五人の女たちは、何故か一瞬目を光らせて、雷真と炎玲を月夜の家から連れ出した。

一人になった玲琳がしばしぼんやりしていると、

「きゃ！　本当にいらっしゃるわよ！」

甲高い声がひっそりと聞こえてきて、玲琳ははっと振り向いた。

家の戸が少し開いていて、そこから三人の少女が中を覗いていている。

「あっ！　気づかれちゃった！」

少女たちは慌てて居住まいを正し、改めて戸を開いた。

入ってきたのは、十二、三歳頃のあどけない少女たちだった。

「何か用かしら？」

玲琳がそう尋ねた途端、少女たちは顔を朱に染めて抱き合った。

「きゃー！　玲琳様とお話ししちゃった！」

玲琳はぎょっとして、思わず身を引いた。

少女たちはぱたぱたと駆け寄ってくる。

「玲琳様！　私たち、玲琳様が白の蛇を捜すの、お手伝いします！」

「何でも言いつけてください！」

「玲琳様のお役に立てるなら、何でもしますから！」

きゃっきゃとはしゃぎながら、乙女たちは言い募る。

一体何事かと、玲琳は目を白黒させた。毒人形のようだった蟲師たちとはまったく違う、生気に満ちた乙女たち。幼さゆえ……なのだろうか？

「若い子たちはみんな玲琳様のお手伝いがしたいって言ってたんですけど、大勢集まってもお邪魔でしょ？　だから蟲比べで勝った私たち三人が、代表でここに来たんです。あ、でもさっきのお姉さん方には言わないでくださいね。うるさいから」

と、少女の一人が唇の前に指を立てる。

蟲比べとは何ぞやと、玲琳は訝《いぶか》しむ。

「あ、私、螢花《けいか》っていいます！」

螢花と名乗る少女はキラキラと目を輝かせて玲琳を見つめてきた。普段そんな瞳を向けられることのない玲琳は面食らう。

「こっちは瑪瑙《めのう》、向こうは珊瑚《さんご》。瑪瑙と珊瑚は姉妹なんですよ」

螢花は早口でまくし立てた。

「玲琳様、まずどこから捜します？　里を隅々まで案内しますからね」

「お前たち……私が里長になるのを認めていないのではないの？」

黄梅の言葉を思い出して、玲琳は驚きのあまりそう聞いていた。少女たちはきょとんとしてふふっと笑い出した。

「えー？　お姉さん方のことは知らないけど……私たちは、玲琳様と胡蝶様に憧れてますもの」

「憧れ？　憧れですって？　この私に？　何故？」

およそ言われることのないその言葉に、玲琳は啞然とした。この少女たちは憧れという言葉の意味を理解しているのだろうか？

しかし少女たちは星のように輝く瞳で真っすぐ玲琳を見つめてくる。

「だって、私たちの間でお二人は伝説なんです。斎の皇帝と激しい恋に落ちて、駆け落ちして結ばれた胡蝶様……ほんとにステキ！」

「ほんとほんと！　玲琳様の美しさを見てたら想像できるわ。きっと胡蝶様も皇帝が一目で見初めるほどの美女だったに違いないわよ！」

「その娘の玲琳様は、大国の麗しい後宮で蝶よ花よと育てられたお姫様！」

少女たちはきゃあきゃあとはしゃいだ。

実際の胡蝶は万人の認める美女では全くなかったし、父と仲睦《むつ》まじくしていた様子も皆無だったし、玲琳はいつも泥と毒に塗れて姉たちからいびられていたから、彼女たちの想像は完全な妄想でしかなかったが……それを口に出すのはあまりにも気の毒に思えて玲琳は曖昧な笑みに留《とど》めた。

少女たちはなおも続ける。

「それにそれに……玲琳様は里の掟《おきて》を変えてくださったんでしょ？」

「そうそう！　玲琳様のおかげで私たち、身内を殺さなくてよくなったんだものね」

玲琳は目をぱちくりさせる。それはもしかして……玲琳が、里長を継ぐと決めた七年前、月夜に言った言葉が守られたということだろうか？　確かあの時玲琳は資源の無駄だから男たちを殺させるのはやめようと言ったのだ。

「資源の無駄遣いはよくないと思っただけのことよ」

玲琳は何でもないことのように言ったが、少女たちはたちまち興奮した。

「え！　やだカッコいい！」

カッコいい!?　カッコいいとは、どういう意味だ？　気色悪いと言われることには慣れている玲琳だったが、褒められることにはとんと縁がなく、興奮する乙女たちに面食らってしまう。

「玲琳様、ぜひ里長になってくださいね！　そのためなら私たち、何でもお手伝いしますから！」

少女たちは胸の高さに上げた拳を握り、やる気を示した。

「……ありがとう。では、里を案内してくれるかしら？　どこに何があって、どれだけの人間が暮らしていて、どういう造りになっているのか……分からなければ、どこに蟲を隠しているのか見当をつけることもできないわ」

玲琳が苦笑まじりに言うと、彼女たちはたちまち表情を輝かせた。

「はい！　ご案内します！」

そう言って、少女たちは家の外へと繰り出していった。

玲琳は少女たちに案内され、里の中を歩く。やはりこの里は美しい。悍ましい毒草園が広大に広がり、不吉な気配を放っている。ここはこの世で最も美しい場所なのではないだろうか？

毒草園には蠱師らしき女たちがいて、あれこれ作業をしている。玲琳はうずうずして、その作業にまざりたくなってしまった。

しかし玲琳に気付いた蠱師たちは冷ややかな態度で距離をとり、言葉を交わすどころか目を合わせることすらしなかった。

「里には何人暮らしているのかしら？」

気を紛らわせるように尋ねると、案内していた少女たちは、首を捻って考える。

「たぶん……百三十人くらい？」

答えたのは螢花という名の少女だった。

「百三十人……さっき見た女たちは、そのくらいいたかしら？」

「ええと、さっき玲琳様の前にいたのは、全部蠱師だから……九十五人ですよ。蠱師じゃないのが三十人ちょっといて、それはさっきの列に加わってないです」

「蠱師じゃないのというのは……？　ああ、男ね？」

たしかに、さっき集まった者の中に男はいなかった。玲琳は納得して、再び毒草園を眺めた。

「……みんな若いわ」

思わず呟く。毒草の手入れをしている女たちは、誰もかれも年若いものばかりだ。そもそも長老が三十五歳にもならない若さなのだから、推して知るべしだろう。

おそらく平均寿命はそれより遥かに短いに違いない。あるいは二十を超えれば、死が見えてくるのだろうか……

「若くして死ぬのは誇りですよ」

考え事をしていた玲琳に、螢花がそう返してきた。

玲琳は一瞬冗談かと思ったが、螢花の顔はいたって真面目で、そしてごく当たり前のことを言っている様子でもあった。

「だって、蠱師として強ければ強いほど、私たちは早く寿命が来るんですもの」

思いもよらぬことを言われて、玲琳は瞠目した。

「そう……なの？」

そんな話は初めて聞いた。螢花は得意げに頷いた。

「男の方が寿命は長いですし、蠱師の力が弱い女たちも長生きです。蠱師の力が強ければ強いほど、寿命は短くなりますよ。力を使い切って黒い血を吐くようになると、私たちは死ぬんです」

「黒い血……あっ！」

玲琳は、思わず声を上げていた。唐突に、母が死んだ時のことを思い出した。母も、黒い血を吐いてしばらくして死んだのだ。母が死んだのはたしか二十六、七……。病気ではなかったのだ。あれが蠱毒の民の寿命だった。

「唯一の例外は、里長です」

にこっと笑って螢花は続けた。

「里長だけは、代々長命なんですよ。ですから玲琳様、玲琳様は長生きすることを恥じなくても大丈夫ですからね」

長生きを恥じる——その言葉に、彼女たちが培ってきた毒を感じ、ぞっとした。この少女たちも、いずれ感情のない毒人形と成り果てるのだ。

「玲琳様？　何で笑ってるんですか？」

不思議そうに問われ、玲琳は思わず自分の頰を押さえた。

「何でもないわ、ただ……お前たちが可愛くて笑ってしまったのよ」

すると少女たちは照れくさそうに頰を染めて、お互い顔を見合わせた。

本当に可愛いと玲琳は思った。この少女たちも、只人《ただびと》より遥かに早く命が尽きてしまうのだろうか？　蠱師の才を受け継いだ炎玲は？　里長となる玲琳だけが、長く生きることを許されるというのだろうか？

これは……呪いだ。

不意に、怒りのような感情が湧いた。蠱毒の民を愚かと罵った母の言葉を思い出す。ああ……あの言葉は拒絶の言葉ではなかったのだ。母は心底、蠱毒の民を愛していたのだ。そのことが今初めて分かった。

「さあ、次の場所に案内してちょうだい」

玲琳はにこりと笑って先を促す。

「あ、はい。ええと……じゃあ蟲小屋を案内しますね！」

螢花が思いついたようにぱっと顔を輝かせたその時、

「玲琳様！　やっと見つけた！」

怒った声が背後から飛んできて、玲琳を振り向かせた。

眉を吊り上げた葉歌が走ってくる。

「人がお茶《ちゃ》汲《く》みに行ってる間に勝手にいなくなって！　酷いんじゃありません？」

「ああ、悪かったわね、葉歌」

「もう！　絶対悪かったって思ってな……」

「姉様!?」

葉歌の言葉を遮って、螢花が甲高い声を上げた。

その場の全員が一斉に螢花を見る。螢花は大きく目を見開いて、じっと葉歌を見つめ——ぱっと花が咲くように笑った。

「姉様！　葉《よう》姉様よね!?　葉歌って……森羅の葉姉様のことでしょ？」

途端、葉歌は見たことのないような顔で後ずさった。

「え……あなた、まさか……螢花？」

「そうよ、葉姉様！　妹の螢花よ、お帰りなさい！」

目元を上気させて破顔しながら、螢花は葉歌に抱きついた。葉歌は狼狽した様子で体を硬直させている。

何と評すればいいのか……酷く気まずそうだ。

「あの……離れてくれます？」

そう言って、ばりっと螢花を引きはがす。

「葉歌、彼女はお前の妹なの？」

玲琳は驚きながら確認する。すると葉歌はぎこちない動作で頷いた。

「……はい、私の妹です」

「へえ……お前、妹がいたのねえ」

「ええ、まあ。ろくに顔を合わせたこともないですけど」

渋面で答えられ、玲琳はますます不思議に思った。

「教えてくれればよかったのに」

「ええ？　だって、普段は妹の存在なんて忘れてますもの」

「うそ！　姉様ったら酷い！」

螢花は頬を膨らませて詰め寄る。

「あ、ごめんなさい。悪気があったわけじゃ……」

葉歌は拒むように両手を前に突き出して、じりじりと下がる。

「私、葉姉様に会えるのをすっごく楽しみにしてたのよ！　姉様は私に会いたくなかったの!?」

「いや、そう聞かれましても……私なんかに会ったたって意味ないですし……」

葉歌はもにゃもにゃと喉の奥で言い訳を紡ぐ。

「姉様、姉様もこの里に帰ってくるのは初めてなんでしょ？　私が案内してあげるわね？」

螢花は怒った顔をにこっとほころばせ、葉歌の手を握った。

「ちょ……放してもらえます？」

「どうして？」

つぶらな瞳が葉歌を見上げる。

「えーと……あんまり手を塞がれたくないんですが……ほら、何があるか分かりませんし……」

「だって私、姉様に会いたいってずっと思ってたんだもの」

無邪気な笑顔を向けられた葉歌は、弱り切ったようにだらだらと汗をかいた。

「えーと……私たちは護衛のために同行してるわけで……こういうことに気をとられてる暇はないわけで……だからつまり……あれ？　炎玲様と雷真さんはどこにいらっ

しゃるんですか？」

そこで初めて葉歌は二人の不在に気づいたらしく、きょろきょろ辺りを見回した。

「ああ、あの綺麗なお兄さんなら……ねえ？」

螢花は意味深に他の少女たちを見やる。瑪瑙と珊瑚はその視線を受けて頷いた。

「お坊ちゃまの方は大丈夫だと思いますけど、あの綺麗なお兄さんはたぶん今頃、お姉さん方の餌食ですよ」

「……は？」

玲琳は意味が分からず首をかしげた。

その頃、隣の家に案内された雷真は、用意された寝台に炎玲を寝かせ、ようやく人心地ついた。

「気遣いに感謝する。後は私一人で……」

案内してきた女たちにそう言いかけたところで、女の一人が雷真の腕を摑んだ。そして逆の腕を、別の女が摑む。更に別の女が胸の辺りをゆっくり押してきたので、雷真はなされるまま床に座り込んでしまった。体当たりでもされたのなら踏ん張っただろうが、女たちの動きは柔く弱く、雷真に警戒心を抱かせなかったのだ。

「？　何の真似だ？」

雷真が立ち上がろうとすると、女の一人が雷真の腰の辺りに跨ってきた。

「……ん？」

雷真はそこで初めて、自分が何をされようとしているのかということを考えた。

「ああ……やっぱりいい男。こんな美男子、里には一人もいないわよ」

「ほんとそう！　むっさい男ばっかりなんだから！」

「本当ね、しかも蠱師の血を引いてるんでしょう？　それも異国の蠱師の血よ。私たちと違う系統のね。それに何より……」

「そう、蠱師の才を受け継いでる。千人に一人も生まれない、男の蠱師！」

女たちはうっとりねっとり雷真を眺めまわしている。

「おい……君たちは何を……」

言いかけた雷真の口を、跨った女が自らの口で塞いだ。

突然のその行動に、雷真は頭の中が真っ白になり、とっさに女を突き飛ばしていた。

「きゃっ！　痛……」

「な、な、何をするんだ！」

雷真は座ったまま勢いよく後ずさり、どかんと壁にぶつかった。

「あら、初めてなの？　嫌だ、そんなに怯《おび》えなくても大丈夫よ」

にこにこと優しく……或《あ》いは妖しく微笑みながら、女たちは雷真を囲むようにじわじわと距離を詰めてくる。

雷真は真っ青になって更に逃げようとするが……壁と女に四方を囲まれ、どこにも逃げ場がなくなってしまった。

待て、待て、待て……！　いったい何なんだこれは……！　雷真の頭の中は完全に混乱していた。

「怖がらないで、何も無体を強いるつもりじゃないのよ。ただ、少しばかり子種をもらえればそれでいいの。うんと優しくするから緊張しないで、楽に楽に、ね？」

女の手が雷真の手を摑んだ。雷真は熱湯をかけられたかの如《ごと》く手を引く。

「仕方ないわねえ……みんなで押さえるわよ」

「そうね、脱がせちゃいましょ」

「寝てるお坊ちゃまが起きないよう、静かにね」

言うなり、五人の女たちは雷真の体に群がってきた。

「う……うわあああああ！　やめてくれ！　私には想う女性がいる！」

思わず叫んでしまう。おそらく雷真の人生の中で最も恐怖した瞬間だった。

その叫び声に、女たちはぴたりと動きを止めた。

雷真の心臓はばくばくと激しく鼓動していた。襲われかけているという状況と、自分の放った言葉の内容、その両方故に。

女たちはほんの一瞬顔を見合わせ、雷真を思いやるような微苦笑を浮かべた。

「大丈夫よ、誰にも言ったりしないから。内緒にするから心配しないで」

「そ、そういう問題ではない！」

「妻だか恋人だか知らないけど、それとこれとは別の話だから。別腹別腹」

「う……妻でも……恋人でもないが……」

「あら、じゃあ気にしなくていいじゃない？　片想いの相手なの？　あなたみたいな美男子なら、女なんて選び放題でしょうに」

「いや……私のようにつまらない男など……」

「そんなことないわ、あなたって素敵よ。だから……ね？　勇気を出して？」

と、女たちは再び雷真の体に手をかけた。

「いや！　違う！　そういうことではない！　頼むからやめてくれ！」

じたばたと暴れる雷真を、女たちは全力で押さえにかかった。彼女たちの壊れそうに柔らかな体は、相手を殴り飛ばして逃げ出すという選択肢を、雷真の頭の中から奪った。

「うあああああ！　やめろ！　助けてくれ！　風刃！」

思わず叫んだその瞬間、女たちに突進してきた小さな影があった。

寝ていたはずの炎玲だった。雷真の大声で目を覚ましてしまったのだろう。炎玲は雷真を押さえ込んでいる女たちの腕を小さな体で引っ張った。

「お姉さんたち、雷真が怖がってるからやめてあげて」

幼い闖入者《ちんにゅうしゃ》に、女たちは面食らう。

「あらやだ、起きちゃいました？　玲琳様のお坊ちゃま……」

少々気まずくなったのか、彼女たちは雷真から少し離れた。その隙に、炎玲は雷真の腕を引っ張って、家から連れ出そうとする。無論その力はか弱くて、大の男を立たせるには至らなかったが、雷真はようやく正気を取り戻して立ち上がり、炎玲を抱きかかえて一目散に家から飛び出した。

「雷真、だいじょうぶ？」

少し離れたところまで逃げると、炎玲は抱きかかえられたまま雷真の顔を覗き込んできた。

「は……いや……申し訳ありません」

あまりに気まずく情けなく、雷真は力ない謝罪の言葉を口にする。

「かわいそうに、怖かったんだね。もうだいじょうぶだからね。でもさ……やっぱり雷真は、風刃を頼りにしてるんだね？」

言われ、きょとんとし、自分が彼の名を呼んだことを思い出し、みるみるうちに雷真の顔は赤くなった。

「な……そういう、わけでは……」

何という失態！　何という屈辱！　時間を戻して取り消したいとすら思ったが、
さっきの場面に戻ると思うと意気はしぼんだ。

「あのねえ、雷真は女の人にモテるから、ちょっとは気をつけなくちゃいけないよ。

でないと、秋茗が悲しむからね」

彼女の名を出され、雷真はたちまち頭の中が再沸騰した。

さっき……自分はあの女たちに何と言ってしまった……？

想う女性がいる……だと……!?　ちょっと待て、何かの間違いだ！

自分を好きだという秋茗の顔が鮮明に思い浮かぶ。

悍ましい蠱師の血を引く自分に、彼女の気持ちを受け入れる資格などあるはずがない。そんなことは正しくない。今日まで毅然《きぜん》と拒絶してきたはずだ……！

毅然という言葉に意志があったら恥じ入って穴に入ったに違いないが、雷真は無自覚であった。

赤くなるのと青くなるのを交互に繰り返す。

「大丈夫だよ。秋茗は素敵な女性だから、お前がそんな風に迷ったり悩んだりするのは当たり前なんだよ。何も怖いことじゃないからね」

悩みこんでしまった雷真の顔を見て、炎玲はぽむぽむと肩を叩いた。この幼い王子の方が自分よりよほど大人なのではないかと、雷真は時々思うのである。王子を傍で守ってきた男は、決して出来た男とは思えないというのに……

そのことを思い出し、また変な汗をかいてしまった。

あんな男に助けを求めてしまうとは……本当に何という屈辱だろうか……

「ぶえっくしょーん!!」

王宮の一室で、風刃は盛大なくしゃみをした。

「うーいちくしょう！　誰かが俺の噂《うわさ》をしてやがるぜ」

洟《はな》をすすりながらそんなことを言う風刃を、鍠牙は呆れ顔で見やる。

「下品ねえ、少しは場所を弁《わきま》えなさいよ。ここをどこだと思ってるの!?」

険のある声で咎めたのは、鍠牙の膝に座っている王女火琳だ。

三人は現在、王の居室で午後の一時を過ごしているのだった。

酷く体が痛む。全身をねじ切られるような痛みに、鍠牙はずっと苛まれ続けている。

蠱術を中途半端に解蠱した歪みなのだと、玲琳が言っていた。その痛みをまるで表に出すことなく、鍠牙はいつもと変わらない顔をしていた。痛みなど、古い友のようなものだ。こんなものが今更鍠牙を押し潰すことはなく、懐かしさすら感じていた。

外はぽかぽかと良い天気で、何とものどかである。そんな春めく空気の中、鍠牙はうっすらと笑った。

出立する前の玲琳の姿が脳裏に浮かぶ。

何を企んでいるのかと彼女は聞いた。

何も企んでいないと鍠牙は答えた。

そのやり取りのあまりの白々しさに、鍠牙は笑わずにいられなかったのだ。

ふと横を見ると、風刃が怪しむような目つきでこちらを睨んでいた。

彼が……風刃と雷真が、自分を疑っていることは知っている。

玲琳の手をあっさり放してしまった鍠牙が何か危険なことをしでかすのではないかと、見張っているのだ。本当に彼らは、信頼に足る護衛たちだ。

その馬鹿馬鹿しさに鍠牙はまた笑う。

「お父様、どうなさったの？」

膝の上に座る火琳が愛らしい瞳で見上げてきた。

「火琳、日頃の行いというのは大切なものだ。人は人の心の中など読めないんだからな、その行動で判断するしかない。人に信じてほしければ、普段の行いを改めるしかないんだよ」

と、鍠牙は自虐的なことを言った。

「はい、お父様」

火琳は素直に頷いた。

鍠牙はそこでふと気になり、

「ところで火琳、どうして炎玲とあんなに喧嘩していたんだ？　やっぱりいつものお前らしくないようにお父様は思ったんだが……」

そう口にする。すると火琳はたちまち表情をこわばらせ、ぷいっと顔をそむけた。

「何でもないの。お父様には関係ないの」

ということは……やはり何か重大な理由があるのだ。少なくとも、親には言いたくないような何かが。

「火琳、何か困っていることがあるなら……」

言いかけた時、部屋の扉が勢いよく開いていきなり人が駆け込んできた。

鍠牙の腹心である姜利汪《きょうりおう》だった。

「どうした、利汪」

「陛下……大変です」

「どうした？」

鍠牙は真剣な顔で聞き返したが、内心さほど案じていなかった。何故ならここには玲琳がいないからだ。彼女がいない場所で起こる大変なことなどたかが知れている。

　気楽な鍠牙に対して、利汪は極限まで険しくした顔で室内を見回した。いるのは鍠牙と火琳と風刃だけである。いや……もう一人いた。

「何だよ、何かあったの？」

　言いながら突如姿を現したのは、現在鍠牙の護衛を務めている少年、由蟻《ゆぎ》だった。飛国の蠱師一族に生まれた少年で、訓練により毒が効かなくなった剣士である。

　利汪は一同を見て、苦悩するように歯噛みした。

「やはり……お妃様はいらっしゃいませんね？」

「当たり前だろう？　妃は今、山奥だ」

「くっ……何かの間違いで戻ってきているなどということは……」

「あるわけないだろ、いったいどうした？」

　いつも冷静な男が何を言い出したのかと、鍠牙は怪訝な顔をする。利汪は重々しい足取りで近づいてくると、鍠牙に耳打ちした。

「……は？　何の冗談だ？」

　彼の言葉を聞き、鍠牙は間違いなく嘘《うそ》だと思った。そんなこと、あるわけがない。

　しかし利汪は首を振る。

「冗談ではありません」

「……ならばお前の勘違いだ」

「勘違いでもありません」

「……本当か？」

「本当です」

「……あの女はいかれてるのか？」

「陛下！」

「ああ、分かった。今行こう」

鍠牙は立ち上がって火琳を下ろし、不思議そうにしている一同を置いて部屋を出た。

「ははは……まったく……この世は退屈を許してくれんものだな！」

束《つか》の間《ま》の平穏をかなぐり捨て、鍠牙は危うい笑みを浮かべながら廊下を歩く。

「陛下、お慎みください」

後ろをついてくる利汪が心配そうに注意した。

「ああ、分かっている。俺とていきなり殴り合いなどしたりはせんよ」

そう言って、鍠牙はたどり着いた部屋の扉を開いた。そこにいる人物を見て、利汪の言葉がまぎれもなく真実だったと知る。

椅子に腰かけて鍠牙を待っていたのは、質素な旅の衣を纏《まと》った女人だった。頭から被っている外套《がいとう》を下ろすと、輝かんばかりの美貌が覗く。女人は鍠牙に向かって優しく微笑んだ。

鍠牙は思い切り嘘くさい笑みを返してみせる。

「久しぶりだ。いったい何の目的でこんな僻地《へきち》まで足を運ばれたのかな？　斎の女帝、李彩蘭殿」

呼ばれた女人、李彩蘭は優雅に立ち上がった。質素な衣が、雅《みやび》な宮廷衣装のように翻った。


のどかなおどろおどろしい里の毒草園を、玲琳は少女たちに案内されながら歩いてゆく。

心ときめく毒の園であったが、それより気になるのは目の前の光景だった。

葉歌が、妹の螢花に手を繋がれて引きずられているのである。葉歌はげんなりした様子で、何度も何度もため息をついていた。ろくに会ったこともない妹に対して、ずいぶんとわだかまりがあるようだった。

「玲琳様、あそこは男たちの家なんですよ」

螢花は声を弾ませながら振り返った。

「中を案内しましょうか？　男たちに目通りします？　だけど、白の蛇の隠し場所なんて、男たちは知るわけないでしょうから、時間の無駄ですか？」

「男の地位は相変わらず低いのかしら？　男がいなければ蠱師は生まれないのだから、大切にしてあげるようにと何度もおばあ様に訴えたのだけれど」

　直接会った回数は少ないが、葉歌を通じて幾度もやり取りをしている。

「男たちが毒の実験台にされるのは、ある程度仕方ないことなんですよ」

　そう答えたのは葉歌だった。

「蠱毒の里には毒が蔓延してますからね。そうやって耐性をつけないと、生きていくのは難しいんです」

　その答えに玲琳は瞠目した。

「……それでお前も、毒を飲まされたのね？」

「……ええ、そうですよ」

「そう……私に出会うために強くなってくれたのね、ありがとう」

　玲琳は幼い顔に優艶な笑みを浮かべ、心から礼を言った。

　葉歌はびっくりしたような顔をして、苦笑いする。

「どういたしまして、私こそあなたに拾われて光栄ですよ」

　笑い合う二人を螢花が交互に見やり、ぐいっと葉歌の手を引いた。

「姉様、ちょっと待っててね」

そう言い置いて、螢花は葉歌の手を放すと男たちの家に向かって走り出した。

「兄様ー！　兄様いるー？」

外から声をかけると、家の戸が開いて中から竹のお玉を持った男が出てきた。

肩にかけた手拭いで汗を拭きながら、男は螢花に手を伸ばし、ぐしゃぐしゃと頭を撫でた。

「何だ、螢花。もうすぐ飯にするからお前も手伝え」

「兄様、そんなのどうでもいいから！　ほら見て、姉様が帰ってきたのよ！」

「え？　あ……」

男は螢花の示す先に立っている葉歌を見て目を見張り、気まずそうに顔をしかめた。

その男は葉歌の実の兄にして、葉歌と同じく毒の耐性を持つ剣士の乾坤だった。

「……よく戻ったな、森羅」

「……はい、ただいま戻りました、乾坤」

お互い鋼鉄のような声で挨拶を交わす。とても兄妹とは思えぬ距離感だと玲琳は思ったが、よくよく思い返してみれば玲琳も彩蘭以外のきょうだいたちとは仲良くした覚えがない。

葉歌はこの里に帰るのも初めてだし、馴染《なじ》むには少し時間がかかるのだろう。

「葉歌、お前はここで彼らと思い出話に花でも咲かせるといいわ。私は一人で里を回るから」

玲琳は気を遣ってそう言ったが、葉歌はぶんぶんと首を振った。

「勘弁してくださいよ。何年も会ってなかったきょうだいといきなり顔を合わせて、こっちは気まずくてしょうがないんですよ」

ひそひそと訴えるが、いささか声が大きすぎて周りに全部聞こえていた。

「仕方がないわね……ならば乾坤、お前も一緒に案内してちょうだい」

玲琳は少し考え手招きした。しかし、乾坤はその場から一歩も動こうとしなかった。

「俺は……乾坤は、里長を守り、裏切者の蟲師を始末するために存在する者です。李玲琳様、あなたはまだ里長じゃない。俺に命令したいなら、まずは里長になってください」

玲琳はそのすげない答えに目を丸くし、ふっと笑った。

「命令というよりお願いしたつもりだったけれど……まあ仕方がないわね。お前の気持ちはよく分かったわ。その意思を尊重しよう。お前は私の命令に従う必要はない」

「分かってくれて感謝します」

そう言うと、乾坤は家の中に戻っていった。

「秀《しゅう》兄様！」

螢花が甲高い声で呼んでも、振り返ることなく彼は家の戸を閉めてしまった。

螢花はがっかりしたようなため息をついて、悲しそうに玲琳の傍へ戻ってきた。

「兄様がごめんなさい、玲琳様」

謝罪を受けた玲琳は一考し、乾坤の消えた家に向かって歩いてゆくと戸を開けた。

「!?　まだ何か用ですか？」

驚き呆れる乾坤を見やり、鼻をひくつかせ、玲琳はにこりと笑った。

「お前は私を主と崇《あが》める必要はないわ。その代わり、客人として食事に招待してくれないかしら？」

「は？」

「お腹《なか》が空《す》いてしまったの」

言うなり、玲琳は家に入って粗末な卓を囲む椅子に座った。家の中には夕餉《ゆうげ》の匂いがしている。

「玲琳様！　本気ですか!?　炎玲様を置いてきてるんですよ!?」

慌てて追いかけてきた葉歌が、非難するように聞いてくる。しかし本心は、炎玲の心配よりこの場に留まる居心地の悪さを案じているのだろう。

「炎玲はずいぶん疲れているようだから、まだ起きないでしょうよ。傍には雷真もいるのだし、問題はないわ」

「うそでしょ……」

頬を引きつらせた葉歌を尻目に、玲琳は悠々とくつろぎ始めた。

「もう……知りませんからね！」

葉歌はそう言ってどかっと下座の椅子に腰かける。

後から入ってきた螢花が、卓に着いた二人を見て乾坤の袖を引いた。

「兄様、玲琳様と葉姉様も一緒に夕食……いいでしょ？」

「……しょうがないな」

不承不承といった感じで乾坤は応じた。たちまち螢花は顔を輝かせ、思い切り飛び上がって全身で兄に抱きついた。

「わあい！　兄様ありがとう！」

「こら、やめろ」

乾坤は妹を抱きかかえながら優しい表情で笑った。面倒だが、可愛くて仕方がないという表情。その様子を、葉歌は何とも言えない顔で眺めていた。

「瑪瑙、珊瑚、あなたたちも一緒にどう？」

螢花は兄にしがみついたまま家の入口に首を巡らせた。そこから覗き込んでいた少女たちは、少しばかり考えて中に入ってきた。

「母さんに怒られちゃうからちょっとだけね」

そう言って、少女たちも各々席に着く。

「秀兄様のごはん美味《おい》しいから、ちょっとじゃすまないわよ」

螢花はふふんと得意げに笑う。

それを聞いて、玲琳はふと首をかしげた。さっきも螢花はそう呼んでいたが……

「秀兄様……というのは？　乾坤のこと？」

「え？　はい、兄様の名前は秀ですから。ね？　兄様？」

「へえ？　男には名が与えられないのだと思っていたわ」

乾坤というのが蠱毒の里に代々伝わる符丁だということは聞いていた。毒の耐性を得た剣士の中で、最も強い者が森羅、二番目が乾坤なのだと……

てっきりそれ以外の名は与えられないものかと思っていたが……

「まさか！　そんなの不便じゃないですか。名前はちゃんとありますよ」

「そう……けれど……」

と、玲琳は遠くに座っている葉歌を振り向いた。彼女には名が与えられなかったと、以前玲琳は聞いたことがある。

その視線の意味を、葉歌はすぐに察したらしい。

「私は特別ですから」

「特別？」

「ええ、私は特別無能で、女なのに蠱師の力を一切受け継がなかった。無能力の女には名を与えないのが蠱毒の里の決まりです。男なら毒に耐性のある剣士になれても、女の体では毒に耐えられずすぐ死ぬだろうと……。だから私たちに名はないんです」

「だから兄様が名前をくれたんでしょ？　葉姉様」

螢花が乾坤から飛び降りてそう言った。

「しかも、姉様は森羅になった。毒に耐えて、他の男たちを全部叩きのめして、一番強い女になった。毒の効かない姉様が、実はこの里で一番強い生き物なのよ。ね？　兄様そうよね？」

「……そうだな」

苦々しげに肯定し、乾坤は竈《かまど》から鍋を下ろした。それを卓の真ん中にどかっと置く。

「ほら、全員自分の分は自分でよそいな」

椀と箸を適当に放る。

「じゃあ私がよそってあげるわね」

螢花がいそいそと鍋の中身を椀によそった。中身は質素な山菜鍋と言ったところか、狭い家の中で、謎の食事会が始まった。

玲琳は小さな手で椀を持ち、汁を啜って感嘆の吐息を漏らした。

「へえ、美味しいわね。驚いたわ」

ただの山菜鍋かと思いきや、使われているのは毒草だ。今までに食べたことのない味である。

「こんな料理は初めてよ」

「そりゃあ外ではこんな毒料理なんて出しませんもの。普通の人が食べたら死んじゃいますし」

葉歌が不貞腐《ふてくさ》れたように言いながら汁を啜り、ちょっと目を見張って二口三口と食べ進めてゆく。

「美味《うま》いか？」

乾坤が竈の前に立ったまま聞いた。

「え？　そうですね……まあ、懐かしいです」

「そうか……葉、お前、ステキな殿方とやらは見つかったのか？」

「え⁉　いや……まだですけどね。どうせ私はモテないですから」

「そうか……早く見つけろよ」

「分かってるわよ！」

「あと、報告書に殿方との出会いがどうとか、女官仲間とのお茶会がどうとか、役目に関係ないことを書くのはやめろ」

「うっ……すみません」

葉歌は箸を咥《くわ》えてうなだれた。

彼らが黙り込んでしまうと、室内はしんと静まり返った。しばしの静寂を挟み、乾坤は玲琳の方に視線を向けた。

「で？　何が目的ですか？　玲琳様」

急に話を振られ、玲琳は一瞬面食らう。

「こんなところに上がり込んで、何がしたいんです？　何か、俺に話でもあるんじゃないですか？　言っておくが、俺は白の蛇の居所なんて知りませんよ」

どうやら彼も、玲琳が白の蛇を捜していることは承知しているらしい。

「そうね……聞きたいこと……一つあるわ」

「何です？」

「葉歌は幼い頃、どんな子供だったのかしら？」

突然の質問に、うなだれたまま毒草鍋を啜っていた葉歌がぶはっと吹き出した。

「玲琳様!?」

「お前が里にいた頃の話など聞いたことがないから、少し興味があるわ」

「やめてくださいよ、そんなことより蛇を捜しましょうよ」

慌てて話を逸らそうとする葉歌を見て、乾坤がぼそりと言う。

「泣き虫、怖がり、甘ったれ」

「お兄ちゃん！」

葉歌は真っ赤になって怒鳴った。

「いや……乾坤、そういうことを軽々しく言うのはやめてください！」

「具体的に聞かせてもらえるかしら？」

「ひいっ……玲琳様！」

「……小さい頃から一人じゃ寝られなくて、いつも俺の布団に潜り込んで来てた。それで毎度おねしょをするもんだから……」

「いやあああああああ！　やめてえええええええ!!」

葉歌は真っ赤な顔で頭を抱え、絶叫した。

「続けてちょうだい」

「玲琳様の鬼！　怪物！　李玲琳！」

葉歌はとうとう椀を放り投げて立ち上がった。脱兎のごとく家から飛び出す。

「炎玲様の様子を見てきますわ！」

そう叫び、すごい勢いで駆けて行った。

そんな妹を見送り、乾坤はくっと小さく笑った。しかし玲琳が見ていると気づき、それを隠すかのごとく真顔になる。

「私の葉歌は可愛いでしょう？」

玲琳は満足げに微笑んだ。

「いくら一緒にいても飽きないわ。俗っぽくて……愚かで……残虐……相反する顔を平然と抱え込める可愛くて恐ろしい子。お前には、返してやらないわよ」

「……別に俺のものじゃない」

「そう？　己を弁えるのは大切だわ。お前にはもう一人可愛い妹がいるのだから、そちらを大切にしてあげるといい」

そこでふと、玲琳は螢花を見た。螢花は自分の家でごく当たり前にくつろいでいる。それを見ていて、玲琳はよく分からなくなった。

「もう一つ聞いてもいいかしら？　ここは男たちの家だと言っていたわね？　だから家族単位では暮らしていないのかと思ったけれど……お前たちは兄妹でここに住んでいるのでしょう？　この里の家族単位はどうなっているの？」

瑪瑙と珊瑚も、母親が待っていると言っていたから家族と暮らしているようだ。男たちの家というのはいったいどういう意味なのか……

問われた螢花は意味が分からないというように怪訝な顔をした。代わりに答えたのは乾坤だった。

「蠱毒の里は女系で、子供は母親と暮らします。それが家族の単位で、父親はそこに含まれない」

「へえ？　何故なの？」

いう概念がこの里にはないからです。母親が娘と相性のよさそうな男を選んを作らせる。だから、里の男は複数の女に子供を産ませるのがほとんどです。

森羅と螢花も母親は違う」

ああ！　そうだったの!?」

玲琳は零《こぼ》れ落ちんばかりに大きく目を見開いた。そして、じいっと乾坤を見つめる。

つまり、この男も複数の女に……？

彼はすぐさまそのまなざしの意図を察した。

「乾坤は種付けより里長の護衛を優先させられるから、俺はあまりしてません」

「あまり……ね」

「俺たちの親はずっと前に死んでて、螢花は母親と暮らせませんでした。だからこの家で俺と暮らしてるんです。本当なら、蠱師は蠱師の母親に育てられる方がいいんだけどな」

するとと螢花は、険しい顔で乾坤の腹のあたりに抱きついた。

「私は兄様と暮らす方がいい。兄様に育てられても、私はちゃんと立派な、強い蠱師になったわ」

ぎゅうっとしがみついてくる妹の頭を、乾坤はぽんと叩いた。慈しむような優しい仕草だ。

　そんな兄妹の姿を見て、玲琳はふと尋ねた。

「螢花、お前は立派な強い蠱師なの？」

「強いですよ。だって私、月夜様の弟子ですもの」

「ふうん？」

　好奇心が口角を上げさせる。

　月夜の弟子……玲琳が教えを乞うことが叶わなかった先代里長の弟子……いったいどれほどの使い手なのだろう……？

「蠱比べしてみます？」

「蠱比べとは何？」

「……今の玲琳様にはできないですよね」

　螢花は少しがっかりしたように肩を落とした。

「玲琳様が里長になったら、蠱比べしてくださいね」

「だから、蠱比べとは何なのよ」

　玲琳が呆れたように聞いたところで、毒草鍋を堪能していた瑪瑙と珊瑚の姉妹に異変が起きた。二人が鍋の中に一つ残った大きな毒キノコを巡って争い始めたのである。

っと待ってよ、先に摑んだのは私なんだけど？」

、この前もそんな感じでいちゃもんつけてきたよね？　その自己中な性格直らないの？」

バチバチと姉妹の間に火花が散る。その原因たるキノコは、鍋の中で静かに横たわっている。

「おい、キノコぐらいで喧嘩するな」

乾坤が呆れたように言ったが、姉妹の熱は下がらない。

「妹のくせに生意気言わないでよ」

「姉だからって偉そうにしないでよ」

「……蟲比べね」

「受けて立つわよ」

姉妹はすっくと立ちあがり、どかどかと家から出て行った。

「何なの？　何が始まるの？　蟲比べとは何なの？」

玲琳は訳が分からないまま好奇心に突き動かされて姉妹の後を追いかけた。

外に出た姉妹は、仁王立ちで向かい合い、相手に向かって手をつきだした。

「出なさい！」「出ておいで！」

姉妹の声と同時に、袖口から巨大な蟲が飛び出した。瑪瑙の袖からは蛭《ひる》が、珊瑚の袖からは蛞蝓《なめくじ》が。

姉妹で趣味が似すぎている……ぬめる蟲を見て、玲琳はそう思った。

蛭と蛞蝓はどんどん巨大化し、馬より大きくなってお互いに襲いかかった。べちょーんと音がして、体をぶつけあう。何とも現実離れしたその光景に、玲琳は見入った。

べちょーん、べちょーん、べちょーん！　蟲たちは何度もぶつかり合う。そうしているうち、毒草園から次第に蠱師たちが集まってきた。

「やめなさい。蟲を引いて」

などと、年上の蠱師たちは争う姉妹を咎めたが、それでも姉妹がやめずに蟲をぶつけあっていると、だんだん蠱師たちの様子が変わってきた。

興奮に目が輝き始める。

「ちょっと！　私もまぜなさいよ！」

一人が叫んで蛇の群れを出すと、他の蠱師たちも負けじと蟲を出し始めた。

「ずるいわよ！　私だって負けないんだから！」

「だったら私も！」

いったい何が始まったのかと、玲琳は呆気《あっけ》に取られてしまう。

蠱師たちは騒ぎに気付いて次々集まってくると、咎めるのではなく蟲を出して騒動にまざり始めた。

三十人は集まってきただろうか？　蠱師たちはキラキラと目を輝かせながら次々に

蟲を出し、辺りは蟲の大合戦といった様相になった。

毒と蟲と死に塗れ、感情を失い、人を殺し続けてきた毒人形の群れは……いったいどこに……？　どう見ても、生気の塊ではないか。

これが蟲比べというものか。なんだかよく分からないがお祭り騒ぎだ。操る蠱師たちの何と楽しそうなこと……羨ましい……本当に羨ましい……

玲琳が唸っていると、背後から螢花が駆け出し、蟲たちに突進していった。

「夢渡る幻惑の使者よ！　この声に応えて眠りに誘え！」

よく響く声で叫んだ次の瞬間――大量の蜂が一気に飛び出してきた。

千を超える蜂の大軍が合戦を繰り広げる蟲たちに襲いかかる。蜂は素早い動きで次々に蟲たちを刺した。蟲たちはたちまち地面に倒れてしまう。死んだ……わけではないようだ。どうやら眠っている？　眠る蟲の山の前で、螢花はにまっと笑った。

「私の勝ち！」

腰に手を当てて誇る螢花を見やり、蠱師たちは憤慨した様子で蟲を回収し始めた。

「あーくそ！　負けたあ！」

「しょうがないわよ、月夜様の秘蔵の弟子だし」

「守り手の血筋のくせに、あんた何でそんなに強いのよ。ムカつくわね」

と、蠱師たちは螢花の頭をぐしゃぐしゃ撫でまわした。

「ねーもう一戦する？　昂《たかぶ》って収まんないわ」

「ほんと蟲比べ楽しすぎ」

心底楽しそうにそんな会話をしている彼女たちを見て、玲琳はたまらなくなった。早く早く、一刻も早く呪いを解いて元の姿に戻りたい。腹の底から湧きあがる衝動が、あふれてあふれて仕方がない。

「ねえ、お前たち、私が里長になったら蟲比べとやらにまぜてちょうだい」

玲琳がそう声をかけると、蠱師たちは振り向いて「しまった！」という顔をした。玲琳の存在を、すっかり忘れていた様子だ。

目を泳がせている彼女たちに、玲琳はなおも話しかける。胸の高鳴りが止まらず、全員抱きしめて蟲をけしかけてしまいたい気持ちだ。

生気のない毒人形の群れ？　いいや、とんでもない。こんなものは、ただの生命力にあふれた毒乙女の群れだ。

「お前たちの毒は素敵だわ。もっと見せてちょうだい」

そう囁《ささや》きかけると、蠱師たちは慌てて無表情を取り繕おうとしたが、照れたように頬が赤い。

「そ、そんなにおっしゃるなら……」

いそいそと新たな蟲を出そうとする。その時、

「みな！　何をしているのですか！」

蠱師の長老たる黄梅が、険しい顔で怒鳴りながら歩いてきた。再び戦闘態勢に入ろうとしていた蠱師たちは、ぎくりとして蟲を引っ込めた。

「このような時に蟲比べなど……」

「ごめんなさい、長老。つい夢中になっちゃって」

螢花がいたずらっぽく舌を出して謝った。黄梅は怒ったようにため息を吐《っ》く。

「どうせあなたが勝ったのでしょう？」

問われて螢花は、えへへと笑った。

「さあ、みな家に帰りなさい。玲琳様、今見たものは全て、お忘れになった方がよろしいかと」

黄梅に促され、蠱師たちは逃げるように散っていった。残った蠱師は、玲琳と螢花だけである。

「螢花、お前は本当に強いのね」

「強いですよ。月夜様の弟子ですもの。たぶん、玲琳様の次くらいに強いですよ」

「戦ってみたいわ」

「白の蛇を捕まえたら、戦いましょうよ」

「ええ、そうしましょう」

玲琳は胸を躍らせて笑いかけた。螢花も嬉しそうに笑い返してくる。

二人が和やかに物騒な約束を取り付けたその時——炎玲の様子を見に行った葉歌がすごい速さで走ってきた。

「玲琳様！　炎玲様が、めちゃくちゃ起きてます！」

「ああ、起きてしまったの？　寂しがっているかしら？」

「いやぁ……何なんでしょう？　どん底みたいに落ち込んでる雷真さんを慰めてました。ちょっとよく分からないですけど」

と、首を捻る。

「本当によく分からないわね。心配だから戻りましょうか」

「お戻りください」

促され、玲琳は乾坤の家を振り返った。入口のところで腕組みした乾坤が立っている。その彼に、螢花が駆け寄ってぴったりとくっついた。

「ご馳走《ちそう》になったわね。ではまた明日」

「はい、また明日、玲琳様」

螢花が恭しく頭を下げる。

玲琳が踵《きびす》を返して去ろうとしたところで、乾坤が不意に呼び止めた。

「李玲琳様、妹をよろしく頼みます」

それははたしてどちらの妹だろうか？　そう思いながら、玲琳は笑みをのせて頷くとその場を後にした。


「お久しぶりです、楊鍠牙陛下。突然お忍びで訪れたこと、どうかお許しくださいね。わたくしたちにとって、とても大切なことを話しに来たのです」

そう言うと、彩蘭は優雅な仕草で近くの椅子を示した。

「お座りになって」

まるでこの場の主のようである。

鍠牙は彼女に示威する意味も見出せず、言われるまま椅子に腰かけた。彩蘭も今まで座っていた椅子に再び腰を下ろす。

じろりと観察すれば、彼女の傍らに男が立っているのにすぐ気が付いた。五十がらみのむさくるしい男である。

「あなたも久しぶりだな、普稀《ふき》殿」

普稀は李彩蘭の夫であり、もとは皇帝の護衛兵だった凄腕《すごうで》の剣士である。

「ご無沙汰しております、楊鍠牙陛下」

慇懃《いんぎん》に礼をする彼を見て、鍠牙は少し驚いた。無論、李彩蘭の来訪を聞いた時の驚きに比べれば小雀《こすずめ》ほどの可愛さだったが。

以前会った時、普稀は鍠牙にこれほど礼を尽くしてはいなかったはずだ。李彩蘭の夫として、堂々と振る舞っていたように思う。しかし今の彼は……

「なるほど、今のあなたは女帝の従者か？」

「そういうことです」

すぐに察した鍠牙に、普稀は微苦笑で答えた。

「まあいい。で？　今日は当家に何の御用だろうか？」

鍠牙は友人の来訪を迎えるかのような物言いで尋ねた。そのふざけた言い方に、彩蘭はくすくすと笑った。

「大切なお話がある……と、言いましたよ？」

「聞かせてもらおう。いったいどんな話があると？　大帝国の女帝がろくに供も付けず、異国の王宮を知らせもなしに訪れる……この戯《たわ》けた行為に理由を与えるどんな話があると？」

本当に、どうかしている。こんな馬鹿げたことをする皇帝が、この世のどこにいるというのか！　などと、かつて斎帝国の宮廷をお忍びで訪れた過去など忘れたかのように、鍠牙は胸中で悪態をついた。

対する彩蘭は鍠牙の嫌味っぽい物言いを気にもせず、優雅に口を開いた。

「あなたとわたくしにとって共通の大切な話といえば、一つしかないのでは？」

「さあ、何だろうな？」

鍠牙はわざとらしく肩をすくめた。彩蘭はまたふふふと笑った。

「無論、玲琳のことです」

「それは予想もしていなかったことだ。妃が何だと？」

鍠牙は嘘を畳みかける。その挑発に、彩蘭は顔色一つ変えない。

「玲琳が、蠱毒の里の里長になると聞きました」

優しく、そしてはっきりと告げる。鍠牙は一瞬動きを止めた。予想していなかったわけではない……が、平然とはしていられなかった。

「誰に聞いた？」

笑顔を添えて問いかけても、彩蘭は笑みを返すばかりで答えなかった。まあ、それも予想できないわけではない。

「本人からか……」

姉に心酔している玲琳は、頻繁に姉と書簡のやり取りをしているのだ。

「で？　妃が蠱毒の里の里長になるのが何だというんだ？」

鍠牙は椅子のひじ掛けに頬杖《ほおづえ》をつき、いささか威圧的に問うた。無論、その程度で彩蘭が動揺するはずもなかったが……

「わたくしは……玲琳が蠱毒の里の里長になることを、許していません」

その言葉に、鍠牙は眉をぴくりとはねさせる。

「それはあなたの許可を得ることではないと思うが？」

「いいえ、今まで玲琳がわたくしの意に添わない行動をとったことはありませんよ？ただの一度も……です」

優美な微笑みが鍠牙を射た。一瞬、鍠牙の脳裏に彼女の首を刎《は》ね飛ばす光景が思い浮かび——しかしすぐ、傍らの男に自分の首が飛ばされる姿を想像する。

頭ががんがん痛む。その痛みを鎮めるために、幾度も血腥《ちなまぐさ》い想像を繰り返す。

そうして無駄な攻防の後、鍠牙はふっと笑った。

「ならば今、妃は初めてあなたの意に反した行動をとっているのだろう、喜ばしいことだ」

すると、彩蘭は今までずっと浮かべていた優しい微笑みを絶やした。その美貌が怜《れい》悧《り》さを増し、空気を凍てつかせる。

女神のごとく悪逆非道なお姉様——玲琳が姉をそう称していたことを思い出す。この女に見つめられれば、誰もがひれ伏すに違いない。

だが、彼女のその美貌は鍠牙の心にわずかの動揺ももたらさなかった。美しいものに魅入られる心根など、鍠牙の中にはもはや残っていないのだ。生まれた時からこの世で最も美しい女を見続けてきた。鍠牙ほど、美しさに苛まれ、慣れている人間はいないだろう。

「そんなことでわざわざこんな片田舎までやってきたのか？」

からかうように言うと、彩蘭は美しい瞳をわずかに伏せた。

「……あなたは存外、蠱毒の民というものを理解していないのですね」

「ほう……ならばあなたは、蠱毒の民をどれほど理解しているというんだ？」

挑発的に問いかける。何故か、嫌な予感がしていた。腹の底から、警戒心が湧いてくる。まずいことが……起きる気がする……

彩蘭はゆっくりと口を動かした。美しい唇が、鍠牙の不安に形を与えてゆく。

「蠱毒の民とは……この世で最も危うい種族……と、わたくしは思っています」

「危うい……？　それは……どういう意味だ？」

危ういという言葉には様々な意味が含まれる。そのいずれを指しているのかと、鍠牙は怪訝な顔で問い返した。

「最も危険で、最も脆い……という意味です」

彩蘭は艶美な流し目で鍠牙を見やる。

「考えたことはありませんか？　強い蠱師は、たった一人で国を壊すことすらできる。現にほら……蠱師の毒を得て皇帝の座を得たものが、あなたの目の前にいるでしょう？　蠱師は王を、容易く殺してしまえるのですよ。それがいかに危険な存在か、分からないわけではありませんね？　そして蠱毒の里は、強力な蠱師を数多《あまた》生み出してきた、この世で最も危険な地……」

彼女の声は美しく、言葉は滑らかで鍠牙の内側を易々《やすやす》と侵略した。頭が痛む……腹が、腕が、足が……全身が痛む。痛みの中、鍠牙はふと疑問を抱いた。

「李彩蘭殿……あなたは何故、妹を俺の妻として寄越《よこ》したんだ？」

八年以上経って、今更そんなことを、鍠牙は聞いていた。

この疑問は以前にも幾度か胸の奥に浮かんだものだったのだ。

李彩蘭の目的は、玲琳を斎の後宮から出して自由に力を振るわせ、それを利用すること――だと、結婚当初は思っていた。だが、彩蘭が本当に蠱毒の民を危険視しているのなら、玲琳は傍に置いておくべきだったのだ。玲琳さえ傍にいれば、いかなる蠱師が襲ってこようとも身を守ることができるではないか。それなのに、彩蘭は玲琳を嫁に出した。しかも、遠い異国に。その真意は……？

「……蠱毒の民のせい……か？」

閃《ひらめ》くように思い浮かんだその説を、鍠牙は言葉にしていた。

彩蘭はわずかに目を見張り、満足そうに目を細めた。

「蠱毒の民はこの世で最も危険な民……しかしわたくしは、彼らに過剰な警戒心など抱いておりませんでしたし、干渉しようとも思っていませんでした。彼らはわたくしが何もせずとも、じきに滅ぶ種族なのですからね」

「なるほど……脆い……か。確かにそうだ」

「ええ、あれがいかに脆い種族かは、玲琳の母君である胡蝶様から聞いています。そのような脆い種族に、わたくしが手を下す必要はないのです。ただそれは、今のままであれば——ということです」

「だから妹を魁に嫁がせた。あなたの目的は、彼女を蠱毒の民から引き離すことだったんだな？」

皮肉っぽく口角を上げて聞くと、彩蘭は楽しげな笑みを浮かべた。

「あなたは話が早いですね。ええ、その通りです。万が一にも玲琳が蠱毒の里へ帰るようなことがあれば……蠱毒の民は脆い種族ではなくなる」

この女の考えていることは正しい。玲琳は、蠱毒の里の因習を壊そうとしている。過剰な近親婚や、親族同士の殺し合い。それらにより研ぎ澄まされた脆い強さを捨て、頑強な一族に作り替えようとしているのだ。

その始まりが、蠱毒の里を魁に移すことだったのだ。

「もう一度言いましょう。わたくしは、玲琳が蠱毒の里の里長になることを許していません。あれは滅ぶべき種族なのです」

そこで彼女はふるふると首を振った。

「しかし今のあの子は、蠱毒の里に夢中の様子。そう容易くは止まってくれないでしょう。ですから、わたくし自らこの国へ出向いてきたのですよ。里長になるのはおやめなさいと、直接言葉で伝えるために」

「……そんなことのためだけに、女帝自ら出向いたと？」

「ええ、このためだけに出向きました。これはあなたが想像しているより遥かに重大な……わたくし自ら危険を冒してでも成さねばならないことなのですよ」

彩蘭は口元に薄い笑みを浮かべたまま、苛烈な瞳で鍠牙を射た。

鍠牙は頬杖をついてその瞳を見返し、無言でしばし考え込んだ。

「……俺は頭のてっぺんから足の爪先まで妃の下僕だ。彼女の望みは何でも叶《かな》えるし、彼女を喜ばせるためならどんな非道でもするだろう。あなたは、俺があなたに殺意を抱く可能性を考えはしなかったのか？」

言葉に反して平坦《へいたん》な物言いで告げると、彩蘭は笑みを深めた。

「もちろんその可能性は考えましたよ。あなたは玲琳をとても愛してくれています。玲琳のためにわたくしを害することもあり得るでしょうね。ですから、護衛は慎重に選びました」

なるほど、それが彼か。鍠牙は彩蘭の傍らに立つ普稀を軽く見上げた。冴えない中年男にしか見えないが、この男に勝てるものは魁国を端から端まで探してもいないだろう。

「それで、あなたはわたくしを害するのですか？」

彩蘭は勝者の余裕で問いかけてくる。

「……実はな、妃が嫁いで八年以上経つが……俺は初夜の時以来、彼女の部屋に入ることを許されていないんだ」

鍠牙は軽く口元を押さえ、ため息を零すように言った。

何の脈絡もないその話に、彩蘭と普稀はきょとんとした。

「何の話でしょう？」

「まあ聞いてくれ。ちなみにその理由は、俺があなたを愚弄したから——というものだった。俺はあなたのことが……控えめに言っても反吐《へど》が出るほど嫌いなんでな、その言葉を撤回する気はなかった。それで八年以上、俺は彼女の部屋に入れない」

「……本当に何の話でしょう？」

「だがな、代わりに妃が俺の部屋に入り浸るようになった」

「ええと……惚気《のろけ》……ですか？」

呆れた様子の彩蘭を尻目に、鍠牙は立ち上がって部屋の中を歩き始めた。

「彼女が俺の部屋で何をしていたかというとだな、毒蟲《どくむし》を放し飼いにしたり、蟲毒を造蠱《ぞうこ》する作業場にしたり、部屋中毒草塗れにしてみたり……結構なことをしてくれたわけだ」

話しながら、春風の吹き込む窓を閉めてゆく。

「まあ……それは大変でしたね」

「ああ、女性というのはやはり持ち物が多いんだろうな。妃も同じだ。彼女は毎日毎日毒や蟲を生み出し続けるものだから、当然彼女の部屋はいっぱいだし、俺の部屋ももう置き場がなくなってしまった。それで仕方なく、後宮にあるあちこちの部屋を使うようになった。まあ、あまり見苦しくなっては困るから、装いには気を遣ってくれと頼んでな。というわけで……」

と、鍠牙はそこで立ち止まり、壁際に飾られた大きな美しい壺《つぼ》に手をかけた。

「この部屋には、妃の作り出した毒が保管されている」

途端、彩蘭は音を立てて立ち上がり、その彼女を庇うように普稀が前へ出た。

鍠牙は思わず笑ってしまった。彼が天下一の剣士でも、毒は斬れない。

「この壺を倒せば毒が部屋に充満するだろう。逃げる間は与えない」

「……それではあなたも死んでしまうのではありませんか？」

「いや、ははは……別に問題ないだろう？」

鍠牙は笑いながら、壺を思い切り倒した。激しい音を立てて壺が割れる。

「彩蘭！」

普稀が叫びながら彩蘭を抱きかかえ、床に押し倒した。自分の体で、少しでも毒を防ごうとするように。

部屋の中はしんと静まり返った。息をする音すら聞こえない静寂の中、鍠牙はぱんぱんと手を叩いた。

「麗しい忠誠心……いや、夫婦愛だな」

揶揄《やゆ》する鍠牙の言葉に、普稀はのそりと体を起こした。

「……嘘か？」

「ああ、嘘だ。客人を通す部屋に毒を置くわけないだろう？」

「……ふざけんじゃねえぞ、殺すぞ若造が……」

低く唸るように脅され、鍠牙は降参するように両手を上げた。

「確かに今のは嘘だが……この後宮はそういう場所だ。いたるところに毒があるのは本当だ。そして後宮の女官たちは、全員その場所を知っている。あなた方がおかしなことをすれば、それを使って身を守ろうとするだろう。あなた方に、それを解毒する術はない。この後宮には今、李玲琳がいないんだからな」

「……何が言いたい？」

「穏やかに話をしようと言ってる」

上げた両手をひらりと振った。小馬鹿にしたようなその仕草に、普稀は眉間のしわを深くした。

「どうか勝手な行動は慎んでほしい。自分たちが危険な場所にいることを認識してほしい。全てが自分たちの思い通りになるなどという幻想は捨ててほしい。とにかくまずは、お互い頭を冷やそうじゃないか」

そう言うと、鍠牙は彼らから距離をとった。

普稀は剣の柄に手をかけて鍠牙を睨んでいる。そしてその後ろに隠れる彩蘭が、じっと鍠牙を見据えていた。

「長旅で疲れただろう？　部屋を用意するからくつろいでほしい。そしてお互い、よく考えよう。両国にとって、何が最善の道なのか……」

最後にそう告げると、鍠牙は答えを聞かずに部屋を出た。

「陛下、不穏な音がしましたが、何かあったのですか？」

部屋の外に控えていた利汪が駆け寄ってくる。

「ああ、まずいぞ。これはまずい……本当にまずいことになった」

鍠牙は舌打ちしながらどかどかと廊下を歩く。

玲琳が戻ってくれれば、彩蘭は蠱毒の民を切り捨てるよう迫るだろう。里長となった玲琳がいかなる決断をするか……

玲琳は蠱師の矜持《きょうじ》を捨てられない。蠱師として里長として、蠱毒の民を切り捨てられないというなら……玲琳は彩蘭と敵対することになるだろう。

そしてまた、玲琳は姉に逆らえない。姉に従い蠱毒の里を切り捨てる決断をするのなら……彼女は蠱師でなくなってしまうだろう。

できれば今のうちに、李彩蘭を始末してしまいたい……

しかし鍠牙は、彩蘭が従者一人を伴ってここへやってきたなどということを信じてはいなかった。国境付近にでも、兵を配置しているに違いない。彩蘭に手を出せば、たちまち襲いかかってくることだろう。斎と敵対すれば、魁などひとたまりもない。かつての鍠牙なら、後宮中に毒を撒《ま》いて女帝と心中でもしただろうが……今はもうできない。魁は火琳と炎玲に与えるための国なのだ。斎の女帝のご機嫌は、どうあってもとっておかなくてはならない。

「いったい何が……」

利汪は険しい顔で聞いてくる。

「斎の女帝はいささかご立腹だ。とにかくもてなせ、ご機嫌をとれ。そして舐《な》められないよう十分に脅しておけ」

だが、ご機嫌を取ったところでこのままではどうにもなるまい。玲琳が戻ってくる前に、どうにかしてしまわなければ……

しかし、あの女帝をどうにかできる人間など、いったいどこにいるというのか。相手は大帝国斎の全てを掌握する皇帝だ。この国で最も危険な女は玲琳であろうが、玲琳ですら彼女には逆らえない。あれを制御できる人間など、この世のどこにも……

そこで鍠牙は足を止めた。己の想像に、ぶるりと震える。

「おい、利汪……俺は本気でどうかしてしまったのか？」

「は？　いや……あなた様はたいがい昔から奔放で厄介なお人でしたよ」

「なるほど……そうか、そうだったな」

呟き、鍠牙は踵を返して歩き出した。さっきまでとは逆の方向に進み、後宮の庭園に出る。そうして庭園の外れまでゆくと、そこには優雅な光景が広がっていた。

庭園に小さく設《しつら》えられた離れの前に、布が敷かれて数人の女たちが春の茶会を楽しんでいる。その中央に、ひときわ異彩を放つ女が座っていた。

生きた人間とは思えない天女めいた絶美の女。鍠牙の実の母にして、他者の愛情を際限なく喚起する化け物。王太后の夕蓮《ゆうれん》だ。

つい先ごろまで離れに幽閉されていた彼女は、近頃しばしば離れを出ている。そして、そんな彼女を止められる者などこの後宮にはいない。

鍠牙が近づいてゆくと、気づいた女官たちはすぐさま敷物から立ち上がり、離れた。残された夕蓮は麗しい微笑みを浮かべて鍠牙を手招きした。

「楽しそうだな、母上」

鍠牙は近づきながら声をかける。夕蓮は嬉しそうに笑みを深める。

「うふふ、大丈夫よ。少し外に出てみただけ。すぐに戻るから心配しないでね」

安心させるようにそう言う夕蓮を見下ろし、鍠牙は彼女の目の前にしゃがみこんだ。

「いや、戻らなくていい。一つ、あなたに頼みがあるんだ」

たちまち夕蓮は花のかんばせを輝かせた。

「あら、頼みってなあに？　可愛いあなたが私にお願いしてくれるなんて、どれくらいぶりかしら？」

その美しい化け物を見やり、鍠牙はぞっとした。自分は……何という恐ろしいことを思いついてしまったのだろう……

「いったいなあに？　何でも言って？」

夕蓮は白魚の手で鍠牙の頬に触れた。その手を軽く握り返し、鍠牙は危うい笑みを浮かべた。

「女を一人……誑《たら》してくれないか？」

月夜の家に戻ると、物があふれる部屋の片隅に雷真が膝を抱えて座り込んでおり、そんな彼の背中を炎玲がよしよしと撫でていた。

食事は用意されたとのことだが、雷真は食べられなかったそうだ。いったい何があったのか……二人とも話そうとしないので、玲琳はそれを聞き出すことを諦めて休むことにした。

用意された隣の家には寝台が並べられていて、玲琳は葉歌と炎玲とともに川の字で寝ることになった。何故だか絶対家に入ろうとしない雷真は、家の外で見張りをするという。

そうして床についたものの、玲琳はなかなか寝付くことができなかった。

蠱師と蠱と毒であふれたこの里は、あまりに魅力的で玲琳の興奮を容易に冷ましてくれないのだ。

あまりにも寝付けなかった玲琳は、家を出て隣にある月夜の家に戻った。

雷真がついて来ようとしたが、炎玲の護衛を任せて置いてくる。

改めて見ても、月夜の家には異常なほど物が積み上げられていた。月夜が書きなぐったらしい記録はどれも字が汚く、読みづらい。

それを一つ一つ、改めてじっくりと読んでみた。

文字もそうだが、文体も独特だ。よく分からない図形や記号も多い。おそらくは、自分だけが分かればいいという感覚で書いたのだろう。

ただ、玲琳にもある程度分かることはあった。どうやら、それらの記録は全て同じ蠱術に関して書かれているようだ。

「おばあ様……あなたは何を研究なさっていたのですか？　これが、あなたの最後におっしゃった、究極の毒……なのですか？」

四体の蠱を同時に操り生み出す、この世を壊すほどの恐ろしい術。

それが今、目の前に散らばっているのだろうか。

その膨大な記録に、玲琳は没頭してゆく。

夜は静かに更けていった。

第三章　裏切者はどこに

白々と夜が明けてゆく。

玲琳は月夜の遺した記録に囲まれ、窓から入ってくる朝日でそれを知った。

「いけない……少し休まなくては……」

必死になりすぎて眠気など感じもしなかったが、根を詰めすぎて倒れては元も子もない。

玲琳が家から出て、暴力的な朝日に顔をしかめていると、遠くから叫び声が聞こえてきた。何事かと耳をそばだてていると、騒ぎは次第に大きくなる。

「何かあったのでしょうか？」

隣の家の前で番をしていた雷真が独り言のように言った。

すると、遠くから二人の少女が走ってくるのが見えた。見覚えのある少女たちは、昨日里を案内してくれた瑪瑙と珊瑚の姉妹だった。

「玲琳様！　た、大変です!!」

「どうしたの？」

玲琳は転がるように駆けてきた少女たちを小さな体で受け止めた。

「乾坤が……殺されちゃった……！」

「……は？　何ですって？」

玲琳が眉を顰めると同時に、隣の家の戸が勢いよく開いた。真っ青な顔をした葉歌が姿を見せる。彼女は無表情で何も言わず、いきなり走り出した。

「葉歌！　待ちなさい！　私も行くわ！」

玲琳は慌てて後を追った。

「玲琳様！　お待ちください！　危険です！」

雷真もすぐに追いかけてくる。

里を横断し、葉歌はすごい速さで昨日訪れた乾坤の家に駆けつけた。玲琳は遅れてそれに追いつく。家の周りには里の蟲師たちが集まって、険しい顔をしている。

「何があったの！　通しなさい！」

玲琳は小さな体で蟲師たちを押しのけ、輪の中心に出た。

葉歌がぺたんと地面に座り込んでいる。家の前には、血まみれで無残に倒れる乾坤の姿があった。

「乾坤……誰が……いったい誰がこの男を殺したの！」

玲琳は思わず声を荒らげた。すると、周りにいた蠱師たちが仰天する。

「えっ⁉　いやいや！　殺されてません！　まだ生きてます！」

「え？　生きているの？」

「生きてますよ、勝手に殺さないでください」

よく見れば、乾坤の胸はわずかに上下していたし、集まった蠱師たちは彼に応急処置をしようとしている様子だった。

乾坤が殺されたと喚《わめ》いて知らせてきた少女たちは、ばつが悪そうに人垣に消える。

「ああそうなの……よかったわ」

玲琳はほっと胸を撫で下ろした。

「ここでは治療もままならないでしょうから、家の中に運んでは？」

昨日お邪魔した乾坤の家に本人を運ぼうと提案するが、家の戸を見てぽかんとする。家の戸の取っ手が、縄で縛られて開かないようになっている。そして乾坤は戸口を塞ぐ位置で倒れているのだ。中にあるものを、守ろうとしているかのように。

いったい何だこれはと訝りながら、玲琳は縄を解いて慎重に戸を開いた。家の中を見回す。すると、家の奥に蹲って頭を抱えている少女の姿が目に入った。玲琳は家に入って、少女に近づいた。

「螢花、何があったの？　誰が乾坤にあんなことを？」

螢花はガタガタ震えながら首を振った。

「し、知らない……」

「お前が寝ている間に襲われたの？」

なおも聞くが、螢花は知らないというように何度も何度も首を振った。

彼女から話を聞くことを諦め、玲琳は手当てされている乾坤のもとへ戻った。

「何か手伝えることはある？」

「重傷ですが、血止めは終わりましたわ。急いで医療小屋に運びましょう」

「助かりそうかしら？」

「助けますよ」

頼もしい蠱師たちの言葉を聞き、玲琳は手出しをすることをせず、黙って彼女たちのすることを見守った。

「それにしてもいったい誰がこんなことを……」

蠱師たちの一人が呟いた。

「そうね、乾坤に傷を負わせるなんて、里の者にはできないわ。できるとしたら……」

途切れた言葉の先を追うように、蠱師たちはその場の一人を見た。地面に座り込んで放心している葉歌を――

乾坤とは毒の耐性を得た剣士に与えられる符丁。それより強い者は、この里に一人しかいない。それはつまり――

「森羅……あなたは昨夜、どこで何をしていたのですか？」

蠱師たちの中から一人が前に出て、葉歌を問い詰めた。手を血に染めて乾坤の治療をしていたその蠱師は、里の長老たる黄梅だった。

葉歌は放心したまま答えなかった。

「森羅……？」

「葉歌、お前は彼を、斬ったの？」

玲琳は空に響く声でそう尋ねた。途端、葉歌ははっと顔を上げた。

「……え……わ、分かりません」

「分からない？　お前、乾坤を斬った心当たりがあるというの？」

たちまち蠱師たちの気配が変わり、恐怖をにじませて葉歌から離れた。

「記憶は……ないです。でも、私以外に乾坤を斬ることができる剣士なんて……いません……だから……私が斬ったのかも……」

葉歌は力なく呟いた。その様子はいつもの彼女らしくなく、狼狽しているのだということが手に取るように分かった。いつもの彼女なら、心当たりがないなら自分じゃないと大騒ぎしているはずだ。

ただ、里の蠱師たちにはそれが分からないらしく、葉歌が犯行を認めたのだと感じたようだった。

「嘘でしょ……まさか森羅が乾坤を斬るなんて……」

波のように動揺が広がってゆく。

「……森羅、あなたに謹慎を命じます。従えますか？」

黄梅は唯一葉歌から逃げることなく、真っすぐ葉歌を見据えて問うた。

「え……謹慎……？　あ、ええと……分かりました。従います」

「では独房に」

「……乾坤の看護をしては……いけませんか？」

葉歌は恐る恐るといった風に顔を上げた。

容疑者が被害者の看護を申し出るという状況に、一同は唖然とする。しかし黄梅は静かに彼女を観察し、ゆっくりと頷いた。

「いいでしょう、あなたも医療小屋に。そこから出ることを禁じます」

「長老、いいんですか？」

「かまいません、連れていきなさい」

黄梅はそう言って遠くの方を指した。蠱師たちは納得がいかない様子ながらも頷き、乾坤を運んでゆく。葉歌はとぼとぼとその後についていった。

「葉歌は乾坤を斬ったりなどしないわ」

彼らがいなくなると、玲琳ははっきり言った。

「ですが、森羅以外の誰が、乾坤を斬れるというのですか？」

「けれどお前も、葉歌を疑ってはいないのでしょう？　だから乾坤の看護を許した」

黄梅は答えなかったが、それが答えのようなものだった。

乾坤を斬った犯人は別にいる。しかし、いったい誰が彼を……

考え込んだ玲琳の視界の端で、何かがキラッと光った。玲琳はその光に引かれて家の壁に歩み寄る。そして家の壁際の地面に落ちたものを拾い、ぞっとする。

玲琳の指先がつまんでいるのは、金色の羽だった。幾度も見たことのある美しい黄金の羽。葎《りつ》と呼ばれた鶏蠱《けいこ》と同じ色の……

「骸……！」

玲琳はその名を呟いていた。

蠱師を憎み、蠱師を滅ぼすことを望む、葉歌に匹敵するほどの剣士。彼ならば、乾坤を斬ることは可能だ。

あの男が、昨夜、この里に……!?　玲琳の全身が粟立《あわだ》った。春の陽気に寒気がする。

剣の切っ先を、突き付けられているかのような……

やはりこの里には裏切者がいるのだ。そして、蠱師を滅ぼさんとする骸は、裏切者の手引きですでにこの里を見つけてしまった。自分たちは全員、あの男の牙の前に晒《さら》されている――！

守らなくては！　瞬間的にそう思った。昨日、蟲比べではしゃいでいた蠱師たちの姿を思い出す。この子たちを守らなくては……命を張ってでも守らなくては……骸にこの子たちを殺させてはならない！

激しい感情が湧き上がる。

この子たちが可愛い。死なせたくない。強くそう思っていることに少し驚く。昨日初めて出会った彼らを、玲琳は確かに同族だと感じているのだ。

骸の襲撃を防がなくては……そのためには、まず裏切者を突き止めなければならない。骸がどこからどう襲ってくるのか、裏切者は知っているはずなのだから。

それによって、逃げるべきか、戦うべきか、助けを呼ぶべきか、決めなくては。

考えていると、突然肩を引っ張られた。

驚いて振り向くと、息を切らした雷真が立っていた。

「どうし……」

「炎玲様のお姿がありません！」

雷真は玲琳の言葉を遮って叫んだ。

「え？　まだ寝ているのでは……」

「私まで離れてはいけないと、すぐに気が付いて炎玲様のもとに戻ったのです。しかし、家の中に炎玲様はいらっしゃいませんでした。近くを捜し回ったのですが、どこにも見当たりません！」

蒼白《そうはく》を通り越して土気色になった顔で、雷真は説明する。

玲琳は数拍呆《ほう》け、ふと手に握った黄金の羽を見た。

蠱師を根絶やしにすると宣言した男が狙う里の中で、炎玲が……消えた。

玲琳は考えもせずに走りだしていた。人垣を抜け出し、叫ぶ。

「みんな！　出なさい！」

しかし、玲琳の中にいるはずの蟲たちは、一匹も反応しなかった。玲琳の力の全ては今赤の蟷螂を抑え込むために使われていて、他の蟲たちに力を与えることはできない。自分に力を与えない蠱師に、蟲は従わない。

頭の中が、瞬間真っ黒に染まった。

「応えろ！　応えろ！　この私の血に！　蠱毒の民の里長の血に！　応えなさい！　血のしもべたちよ！」

喉が裂けんばかりに怒鳴ったその瞬間、全身から青いものが噴き出した。

里長が受け継ぐべき蠱の一つ、青の蝶。百を超える蝶の群れが、一斉に羽ばたいた。

玲琳はぜいぜいと息をしながら蝶を見上げる。

「あなたは箱舟……血の筏《いかだ》……私の血に連なる者を捜し出し、その血を啜れ……」

その命に従い、青の蝶はひらひらと山に向かって飛んでいった。

玲琳は全身に汗をかいて地面に座り込んだ。

何故だろう……鍠牙の気持ちが今初めて分かった気がする。裏切者が見つかったら、自分は……それを殺してしまうに違いない。


木々の陰に潜みながら、目の前を歩く男を観察する。

目の前にいるのは、二十代後半の男だ。腰には二本の剣を吊り、肩には黄金の鳥をとまらせている。名を骸という。

骸は草木をかき分けながら、山中を歩いているのだった。

骸はしばし無言で歩いていたが、不意に立ち止まって振り返った。

「おい、どこまでついてくる気だ？」

睨まれて、彼はようやく木の陰から姿を見せた。

「きみが立ち止まってくれるまでだよ」

にこっと笑いかけながら答えたのは、六歳の幼子……炎玲だった。

「なんで俺についてくる」

「きみが近くにいるって感じたから。その鶏蠱の気配なのかなあ？　それを感じたから来たんだよ」

「そういう意味じゃない。何が目的でついてくるのかと聞いてる。俺がお前を殺すとは思わないのか？」

悪い目つきで脅されて、炎玲は思案した。

「きみは僕を殺さないと思うな。だって僕は、きみの恩人でしょう？」

自分の顔を指してみせる。骸はますます怖い顔になる。

「忘れちゃったの？　牢《ろう》に閉じ込められてたきみを出してあげたのは僕だよ？」

「……覚えてるよ」

「そっか、よかった」

骸が苦々しげに肯定したので、炎玲は少しばかり嬉しくなった。

数か月前のあの夜、炎玲は投獄された骸を逃がした。それを後から火琳に伝えると、火琳は自分に黙って危ないことをした弟を、烈火のごとく怒ったのである。

蠱師を滅ぼそうとしている悪者に、一人で近づくなんてありえない！　顔を真っ赤にしてそう怒鳴った。

火琳の言うことは正しい。火琳は間違っていない。

けれど炎玲は、火琳にこそ危ないことをさせたくなかったし、蠱師ではない火琳にはできないことがあると思っている。だから火琳に黙って、一人で行動したのだけれど……それをはっきり言葉にすると、火琳はますます怒ってしまい、そのせいで二人は喧嘩する羽目になったのだ。

「僕はきみを逃がしたせいで、火琳とケンカしちゃったよ」

「そうか……確かにお前には恩があるな。その礼に殺さないでいてやる。とっとと消えろ。これ以上ついてくるなら、恩があろうとお前を谷に突き落として……」

「うわっ！」

骸が脅し文句を吐いている途中、炎玲は足を踏み外してすぐ傍の崖から落っこちかけた。骸がすぐさま手を伸ばし、落下する炎玲を引き止める。

「おい……死にたいのか？」

襟首を摑まえた炎玲を目の前に吊るし、ことさら怖い顔を向ける。が、炎玲はほーっと息を吐いて笑った。

「ああびっくりした。助けてくれてありがとう。これでおあいこになっちゃったね」

無邪気に笑う炎玲を見て、骸は不愉快そうに顔をしかめると手を離した。地面に落ちた炎玲を見下ろし、牙を剝く。

「もうついてくるな」

「ううん、ついていくよ」

「だから何でだ！」

再び何でと聞かれて、炎玲はうーんと考え込んだ。

「だって……助けてって言ったでしょ？」

「……は？　俺が？」

骸は怪訝な顔で聞き返す。

「うん、そうだよ。きみ、助けてって言ったでしょ？」

「俺がそんなことを言うわけないだろ」

「言ったよ」

「言ってない」

「言ったよ。ずっと言ってたよ。助けてってずっと言ってたよ。だから僕、きみのことを助けてあげなくちゃって思ったんだ」

「……幻聴でも聞いたのか？　お坊ちゃん」

「幻聴なんかじゃないよ。今だって、助けてって言ってるじゃないか」

「……お前は何を言ってるんだ？」

「だって僕にはそう聞こえた」

炎玲は確信をもって断言した。

最初に見た時からずっとずっと、彼は助けを求めているように見えた。叫び声が聞こえていた。他の誰にも聞こえなくたって、炎玲には聞こえた。

「助けてって言われたら、助けるよ。だから、帰れって言われても帰らない」

炎玲は骸に向かって手を伸ばした。

「僕といっしょにおいでよ。蠱毒の里にはお母様がいるし、ほかの蠱師だってたくさんいるんだ。きっとみんな、きみを助けてくれるよ」

そう言い、啞然としている骸の手を握ろうとしたその時——炎玲は突如木の上から降ってきた獣に押しつぶされて地面に倒れた。

びっくりして首をめぐらすと、そこにいるのは獣なんかじゃなく、人間だった。
十二、三歳の少年が、怖い顔で炎玲を地面に押さえつけていた。
「お前、楊炎玲だな？　何でこんなところにいる？」

少年は威圧的に問いただしてくる。炎玲は驚きすぎて返事ができなかった。

「俺を追いかけてきたんだそうだ」

「こんなガキに後つけられたのか、油断してんなよな」

親しげに言葉を交わす姿は、骸と少年が知己であることを表していた。

たった一人で蠱師を滅ぼそうとしていたはずの骸と、見知らぬ少年。いったいどういう関係なのか……

「きみは……誰なの？」

炎玲の問いかけに、少年はにやっと笑った。

「肝の据わったガキだな。俺はマムシ。蠱毒の里の剣士だ」

「葉歌とおんなじ、毒の耐性がある剣士？」

炎玲は目をぱちくりさせて、まじまじと少年を見上げた。つぶらな瞳をうっとうしがるように、少年は炎玲から離れる。解放された炎玲は、のそのそ起き上がってマムシと名乗る少年と、骸を交互に見比べた。

「きみが……お母様の言ってた裏切者なの？」

「ああ、そうさ」

マムシはあっさり肯定した。つまり彼は骸をここまで手引きしたということだ。

「……びっくりした。まだ子どもだったんだね」

炎玲が率直に言うと、マムシは不愉快そうに顔を歪めた。

「ガキに子供扱いされる覚えはないね」

「子ども扱いされるのが悪いことで、大人扱いされるのがいいことってわけじゃないでしょう？」

「お前……口の減らないガキだな」

「ねえ、きみは骸と手を組んだの？　いったいどこで知りあったの？　どうして蠱毒の民を裏切ったの？　きみは何がしたいの？」

唐突な問いかけに、マムシは怒りを引っ込めた。凶暴に犬歯を見せて笑う。

「里を滅ぼすのさ」

「どうして？」

「あの里が嫌いだからだ」

「生まれた里なのに？」

「生まれた里だからだよ」

瞳から、苛烈な火花が散った。マムシは、怒っていた。

「あいつら全員……全部根こそぎ一匹残らず皆殺しにしてやる」

血を吐くような唸り声に、炎玲は言葉を失った。黙り込んでしまった炎玲の襟首を、マムシはむんずと摑まえた。

「なあ、お前、炎玲……お前は馬鹿な奴《やつ》だな。敵の手の中にころっと転がり込んできて……自分が何されるか分かってるのか？」

鋭い瞳が炎玲を見下ろす。

炎玲はその瞳を見つめ返し、首を傾《かし》げた。

「分からないよ、何するの？」

「さあ……どうしてやろうかな？　お前はこの世で一番憎い女の息子だから、酷い目に遭わせてやるよ」

「お母様のこと？　きみは僕のお母様が嫌いなの？」

「嫌い？　違うよ、憎いんだ」

「お母様に何されたの？」

「……あの女だけが特別優遇されてる。この世に……神様に……あの女だけが与えられてる。俺はそれが気に食わない。お前はそういう女の息子なんだ。のこのこ出てきて、安全な場所になんか帰れると思うな」

脅されて、炎玲は自分の首根っこを摑まえているマムシの袖を引っぱった。

「うん、いいよ」

「何だって？　いいって……拉致されていいってのか？」

「いいよ、だって僕が自分からついてきたんだからね」

「お前、俺たちが怖くないのか？　俺らは毒の効かない剣士で、お前が何したって倒せないんだ」

「うん、別に怖くないよ」

「むっかつく奴だなあ！」

「ごめんね？　お詫《わ》びに僕を、連れてっていいよ」

「言われなくても……」

マムシが言いかけたその時、大気が震えた。炎玲とマムシは気配を察して同時に空を見上げる。それに一拍遅れて、骸が上を向いた。

木々の隙間からのぞく空が、突如真っ青に染まった。無音で飛び交う青い蝶が、空を青より青く染め上げている。

「……青の蝶！」

マムシが忌々しげに叫んだ。途端、蝶は三人めがけて降り注いできた。

「やってくれる……」

マムシは呟き、炎玲を放り投げて身構え——しかし、すぐさま地面に引きずり倒された。骸がマムシと炎玲を地面に伏せさせ、しゃがんだまま上空を睨んでいる。彼は剣を抜いて自分の手首を切り、思い切り腕を振って空に血を飛び散らせた。

青い蝶はたちまち怯えたように後退し、一目散に逃げだした。

「きみって……すごいんだねえ……」

蝶のいなくなった空を見て、炎玲は感嘆の声を上げた。

毒の耐性を得た剣士の血は、蠱にとって劇薬だ。それは知っていたが、ここまでのものだとは思っていなかった。本当に、この男は蠱師を容易く殺してしまえる剣士なのだ。小さな炎玲など、ひとたまりもない。

炎玲は起き上がって土を払うと、倒れたままのマムシの手を引っ張った。

「お母様が僕を捜してるんだ。早く逃げよう！」

「お前……本気かよ……」

もちろん本気だ。炎玲は、彼らと一緒に逃げるつもりだ。マムシを引っ張り起こしながら、骸を見上げる。

「骸、僕は足が遅いんだよ。火琳とかけっこしても負けちゃうくらい。だから僕を連れてって、お願いだよ！」

そのお願いに、骸は何とも言えない顔をしたが、すぐに炎玲を抱え上げた。そして逆の腕でマムシを抱える。二人の子供を荷物のごとく両脇に抱え、骸は走り出した。森の景色が流れるように後ろへ消えてゆく。炎玲はこれほど足の速い人間を見たことがなかった。

かなり走ったところで、骸は速度を緩めて立ち止まった。地面に落とされた炎玲が周りを見ると、目の前に人が何人か入れるくらいの洞穴がある。

「ここは……？」

「俺の秘密基地だよ」

そう答えたのはマムシだった。

「里にいるのがうざったいとき、いつもここに来るんだ……」

そう言いながら、マムシはよろよろと起き上がった。何故か酷く顔色が悪く、変な汗をかいている。あの青い蝶がそんなに恐ろしかったのかと、炎玲は心配になってマムシに手を伸ばした。

「ねえ、きみ……だいじょうぶ？」

「うるさい……触るな……！」

　マムシが炎玲の手をはたいたその瞬間、彼はいきなり体を前に折り、ぐっと息をつめ、真っ黒な血を吐き出した。

　あまりのことに驚愕し、炎玲は一瞬固まった。しかしすぐにはっとして、マムシに駆け寄る。

「ねえ！　きみ！　だいじょうぶ!?」

　同じことを倍の緊張感で問う。

　すると骸がマムシを抱きかかえ、秘密基地と称する洞穴の中に担ぎ込んだ。そこに敷かれた筵《むしろ》の上に痩せた体を横たえる。吐いた血を詰まらせぬよう横向きに。

「どうしちゃったの？　なにか悪いものでも食べたのかい？　だけど、きみたちには毒なんて効かないはずだし……」

「こいつはもうすぐ死ぬんだ」

　骸がマムシを見下ろしながら冷たく言った。

「え!?」

　驚く炎玲を置き去りに、骸は洞穴の外へと出て行ってしまう。

　炎玲は横たわるマムシと洞穴の外を交互に見やり、迷った末にしゃがみこんでマムシの背中をさすった。

「同情かよ……お前だって……いずれこうなるんだぜ？」

マムシは苦しげに呼吸しながら言った。

「僕が？　どうして？」

「お前が蠱毒の民だからさ。蠱毒の民は短命だ。最後はこうやって……黒い血を吐いて死んじまう……そういう呪いなんだ」

「きみはまだ、子どもなのに？」

「……ああそうさ。二十を超えても三十を超えても生きてる奴だっているのに……俺は虚弱な蠱毒の民の中でも、異常に体が弱く生まれた……血を吐いたらもう、一年はもたないんだよ」

マムシはゆっくりと体を起こした。口の端から黒い血が伝う。

「だから俺は……こんな体に生んだ奴らを、全員全部一人残らず根こそぎ皆殺しにしてやるのさ！」

がなりながら、ぜいぜいと荒い息をする。

「俺はお前を！　ずっと見てたぞ、楊炎玲！　生まれた時からずっとだ！」

「僕を……？　何で？」

マムシは、困惑気味に問い返す炎玲の胸ぐらを摑んだ。

「お前が李玲琳の息子だからだよ。この世で一番憎いあの女の息子を、俺はずっと見てた。蠱毒の里の里長は、短命の呪いを受けてない。黒……白……赤……青……四体の蠱を受け継ぐ代々の里長だけは、短命じゃないんだ」

言われて炎玲は気が付いた。ひいおばあ様……月夜は五十歳を超えていたはずだ。短命ということはない。

「俺はもうすぐ死ぬのに……お前の母親は……里の外で好き勝手に生きて……それで当たり前みたいに長生きするんだ」

マムシの目に毒々しいものが宿る。

「お前たちが生まれたって聞いて、俺は生まれて初めて一人で里から出たよ。六歳のガキだったから、王宮にたどり着くのは大変だった。李玲琳も楊鍠牙も……お前たちが生まれて幸せそうに見えた。周りの奴らもみんな大はしゃぎで……嬉しそうで……それを見てたら俺は惨めになった。だからそれからずっと……俺はお前たちを見てたんだ。何度も里を抜け出して、お前たちを見てた。六年間ずっとだ。見れば見るほど、俺は李玲琳が憎くなったよ。俺が欲しかったものを全部持ってる……あの女がこの世で一番嫌いだ!!」

そう吐き捨て、マムシは糸が切れたみたいに倒れた。

「だいじょうぶ!?　無理しちゃダメだよ!」

炎玲はとっさにマムシの顔を覗き込んだ。マムシはぎょろりと目だけで炎玲を睨み上げてくる。

「なあ……お前は父親に憎まれてるかもしれないって思ったことはないのか？　王宮の離れに幽閉されてるあの化け物……あいつのことも俺は知ってる。楊鍠牙は化け物が逃げ出さないよう、あの離れに通ってるだろう？　俺はそれを何度も見たよ。あの化け物はいつも楽しそうに思い出話をするんだ。楊鍠牙は黙ってそれを聞いてる。あんな化け物から、お前の父親は生まれたんだ。お前、あの男がどれだけ蠱師を憎んでるか知ってるか？　お前たちにも見せてやったよな。グレてた時の楊鍠牙は愉快だっただろ？　なあ……お前も蠱師だ。お前だって、父親に憎まれてるかもしれない」

炎玲は目をまん丸くして、しかしすぐに首を振った。

「お父様は僕たちを大好きだよ」

マムシは苛立ったように唇を噛んだ。

「お前は本当に幸せな奴だよな！　楊炎玲！　幸せなお前たちを、俺はずっと見てたんだ！　お前たちが犬神に乗って飛国に行ったのも俺は見てたぞ。はは！　おかげで面白い奴と出会わせてもらったよ。俺と同じように蠱師を命がけで憎んでる奴に……。幸せなお前たちのおかげで、俺はあの女を殺す力を手に入れたんだ！」

それが骸のことだというのはすぐに分かった。

「なあ！　里長から赤の蟷螂を盗んだのも！　それを骸に渡したのも！　それで楊鍠牙を呪わせたのも！　あの蟷螂が李玲琳を呪うように命令しておいたのも！　全部俺だ！　俺がやった！　あの女を殺すために！　蠱毒の民を滅ぼすために！　俺が骸と手を組んでやった！　俺が裏切者だ!!」

体を起こすことすらできぬまま、マムシは叫んだ。

そんな彼を、炎玲はただ黙って見つめていた。

するとマムシはいきなり炎玲を突き飛ばした。後ろにころりと一回転し、目を回して起き上がると……マムシは腕で顔を覆い、身を縮め、肩を震わせていた。

「いやだ……しにたくない……しにたくない……たすけて……」

か細い声が口の端から零れる。

炎玲は胸の奥がきりきりと締め上げられるように痛み、マムシの体に思わず覆いかぶさっていた。

小さな体で必死にそうしていると、次第にマムシの震えが止まって彼は覆いかぶさる炎玲を見た。

「なんで……お前の方が泣いてるんだよ」

言われて炎玲は、自分が泣いていることに気が付いた。

「……ごめん」

「……いいよ」

　炎玲は涙をぬぐおうとしたが、後から後からあふれてきて止まらない。

「泣いてごめんね」

「いいって……お前、泣き虫なんだな」

「悲しいと、勝手に出てきちゃうんだよ」

　炎玲は泣き止《や》むのを諦めて、マムシに覆いかぶさったまま彼の背中を懸命に撫でた。
父が……母が……秋茗が……風刃が……たくさんの人たちが今まで炎玲にしてくれたみたいに……

「しにたくないなあ……」

　マムシは炎玲の重みを受け止めたままそう呟き、目を閉じた。少しすると、マムシは寝息を立て始めた。苦しそうじゃなくなったのを見て、炎玲は少しだけほっとする。

　ゆっくり体を離して、しばらくその寝顔を見つめる。彼が起きないのを確かめて、炎玲はそろりそろりと洞穴から出た。

　洞穴の外に出ると、少し離れたところに骸が片膝を立てて座っていた。

「きみはあの子の仲間なんでしょう？　そばにいてあげないの？」

「俺には関係ないからな」

　彼にはマムシの叫び声が聞こえていたはずだ。それでも関係ないと言う。

「出会って数か月の他人だ。ただ、手を組んでるだけだ」

　骸はなおも言った。

「あいつも俺も蠱師を憎んでて、ただ利用するのに丁度よかった」

　骸は子供の頃、心を壊されたのだと聞いた。彼と同郷の由蟻が教えてくれたのだ。それを元に戻すため、骸は蠱師を滅ぼそうとしている。その理屈は、よく理解できない。ただ、一つだけ唐突に分かったことがあった。

　彼は心を壊された時から、ずっと時が止まっているのだ。子供のまま、何も変わらなくなってしまった。目の前にいるこの男を、炎玲はもう大人だと思えなくなっていた。助けてあげなくてはならない、子供だ。そしてマムシも……

「僕といっしょに王宮にこない？　あそこなら、お父様が守ってくれるよ」

　すると骸は皮肉っぽく笑った。

「楊鍠牙が？　次に会ったら奴は俺を殺そうとするだろうな」

「だいじょうぶだよ、僕がお願いするから。お父様は優しいんだよ」

「……おめでたい坊ちゃんだ。お前の父親が優しいなんて、本気で信じてるのか？　外面のいい賢君の振りをしてるだけのあの男を」

　憐《あわ》れむように言われて、炎玲は軽く首を傾けた。

「お父様は優しいよ。お母様もほかの誰も知らないかもしれないけどね、僕と火琳だけは知ってるんだ。お父様はね、優しいんだよ」

確信をもって告げる。

「だからいっしょに行こうよ。ね？」

差し伸べられた手を見て、骸は恐怖に近い表情を浮かべた。

「お前……どうかしてるぞ。何で自分の命を狙う奴にそんなことが言えるんだ」

「言ったでしょ？　きみたちが、助けてって言ったからだよ」

炎玲は彼の手を掴んだ。骸は酷く強張《こわば》った顔をしていたが、その手を振り払うことはしなかった。

彼らを連れて帰ったら、火琳はどんな顔をするだろうか？　また、目を吊り上げて怒るかもしれない。ふと、そんなことを思う。今頃どうしているのだろうか？

魁国の王女楊火琳は、誰もが認める容姿端麗で聡明《そうめい》な王女である。

いささか自信家の面はあるが、下の者に威圧的な態度をとることもないし、過剰なわがままを言うこともない。人の話はよく聞き、思いやりもある。故に臣下や女官たちはみなこの愛らしい王女を愛し、慕い、褒めそやす。

周りから見れば、火琳は完璧な王女なのだ。ただ、本人だけがそう思ってはいなかった。

蠱師の力を受け継がなかった。ただ、その一点のみで、火琳は自分を劣った王女だと思って育ってきた。しかしながら火琳が凡愚と異なるのは、決して覆せぬ部分で劣っているのなら、それ以外の面で全ての者を凌駕《りょうが》してやろうと覚悟してしまったことだった。火琳はあらゆる努力をし、そしてみなが認める立派な王女となってみせたのだ。わずか六歳にして――である。それゆえ火琳は、己の努力に裏打ちされた自分という存在に、確固たる自信を持っている。自分が劣っていることを知り、その末に抱いた自信であった。そして火琳は、片割れである弟の炎玲こそが、そんな自分の努力と成果を誰より理解し認めてくれていると信じていたのである。

「炎玲の馬鹿、炎玲の馬鹿、炎玲の馬鹿……」

火琳は頬を膨らませて夜の後宮を歩いていた。

どうにも寝付けず、一人で部屋を抜け出したのだ。頭から消えないのは、炎玲が王宮を旅立った時のことである。思い出すたびはらわたが煮えくり返るのだった。

たとえ蠱師の力を持たなくとも、炎玲は自分を認めてくれていると思っていたのに……そうではなかったのだ。

「炎玲の馬鹿、裏切者、犯罪者！」

けれど、本当は分かっている。炎玲はただ、火琳を心配しているのだ。火琳が弱いから……だから誰より心配している。炎玲は、姉である火琳が大好きで、大切で、絶対に傷つけたくないから、だから邪魔者扱いするのだ。全部全部、火琳が弱いから悪いのだ。

「そんなの……悔しいじゃないの」

だから自分は、自分にできることを示すのだ。そう思いながら廊下を歩いていると、暗い廊下の先に、光の漏れている部屋があった。

あそこは普段使われていない客間だ。そういえば、急な客人があったとかどうとか、女官たちが言っていた気がする。

火琳は好奇心からその部屋に近づき、ほんの少し開いていた扉から中を覗いた。部屋の奥にある長椅子に、見覚えのある女性が座っている。

「……彩蘭様！」

火琳は思わず声を上げていた。名を呼ばれた彩蘭と、傍らに立っていた護衛らしき男が同時に振り向く。あの男は確か、彩蘭の夫の普稀だ。

火琳は目をまん丸くして、彼らをまじまじと見つめた。夢か幻かと疑う火琳に、彩蘭は優しく麗しい微笑みを浮かべた。

「火琳ですね？　こちらへいらっしゃい」

優雅に手を伸ばされて、火琳は誘われるまま部屋に入っていた。

「彩蘭様……どうしてここにいらっしゃるの？」

服の裾を握りしめ、警戒心の灯《とも》る声で問いただす。

しばらく前、火琳は初めて出会ったこの女帝に、すげなく扱われた覚えがある。攫《さら》われた玲琳を助けてほしいとお願いしたのに、あっさり断られてしまったのだ。

お母様はあんなにこの人を慕ってるのに……この人はお母様を切り捨てたんだわ！

鍠牙は彩蘭を許してやれと言っていたが、火琳はまだ彼女を許していなかった。

「玲琳と、話をするために来たのですよ」

彩蘭はとろけるような声でそう説明する。火琳はぱっと顔を輝かせた。

「お母様と、仲直りしてくださるの？」

「ふふふ、そうですね……玲琳と仲たがいをした覚えはありませんが、あの子とはずっと仲のいい姉妹でいたいと思っていますよ。わたくしの可愛い妹ですからね」

その言葉に、火琳は頬を上気させた。

「そうよ、お母様だって、彩蘭様のことを大事なお姉様だと思ってるわ！　だから、どうか仲直りしてくださいね！」

するとと彩蘭は嬉しそうに微笑み、長椅子から立ち上がって火琳の目の前にしゃがみこんだ。

「分かっています……けれど火琳、わたくしはあなたとも仲良くしたいと思っていますよ？」

「私と？」

間近でそう言われ、火琳はドキドキしてきた。この人は、ずっと話に聞いて憧れていた女帝だ。実際に会って失望してしまったけれど、こうして仲直りに来てくれた。そう思うと、怒っていたことはすっかり忘れてしまった。

「ええ、ですから少し、わたくしとお話をしましょう」

彩蘭はそう言って、火琳を長椅子に座らせた。そして自分も隣に腰かける。

「あなたの話を聞かせてください、火琳。あなたのことを、もっと知りたいのです」

彩蘭は隣に座る火琳の手をそっと握った。

火琳は彩蘭にぼうっと見惚れ、思いつくまま色々と話し始めた。毎日どんな風に過ごしているか。お父様のこと、お母様のこと、そして……弟の炎玲のこと。

「炎玲も、きっと彩蘭様にお会いしたいって思ってるわ」

眉間に小さくしわを寄せながら、火琳はぽつりと呟いた。

彩蘭はくすっと笑って首を振った。

「わたくしは炎玲より、あなたに会いたいと思っていましたよ」

「そうなの!?　どうして？」

「ねえ、火琳……わたくしは、あなたを特別可愛く思っているのですよ」

予想もしていなかった言葉に、火琳は驚いて固まった。にわかには信じられない。しばらく黙り込んで、恐る恐る彩蘭の顔を覗き込み、

「……本当？」

「ええ、大切な妹である玲琳より、同盟相手である楊鍠牙陛下より、蠱師の力をもって生まれてきた炎玲より……わたくしはあなたと仲良くしていきたいのです。あなたが一番、特別です」

そう言われ、ぎゅうっと胸が痛くなった。

本当に？　本当にこの人は、私を特別だと思ってる？

「私……蠱師じゃないのに？」

「だからですよ。火琳、あなたはいずれ、この国の女王になるのでしょう？　あなたは素晴らしい女王になると、わたくしは確信しています。その暁には、あなたとわたくしはもっとずっと仲良くなれると思っているのです。わたくしに必要なのは蠱師ではなく、心を許せる同盟相手なのですよ。ですからわたくしは、あなたの後ろ盾になりたいと思っているのです」

柔らかな手に手を握られ、間近で真摯に訴えられて、火琳の心臓は壊れそうなくらいに高鳴った。

今までこんな風に言ってくれた人なんか、どこにもいなかった。

大陸一の大国の女帝が、私に期待している！

「火琳……蠱師というものは本当に必要だと思いますか？」

「……え？」

突如話の気配が変わり、火琳はきょとんとしてしまう。

火琳の手を握る彩蘭の微笑みは、どこまでも優しい。

「あなたは賢く、魁国の未来を背負っている。それだけの力があるとわたくしは信じています。ですから考えてみてください、あなたの大切なこの国の未来に、蠱師は必要なのでしょうか？」

「だ、だって……お母様は蠱師だもの」

「お母様が蠱師ではなくなったら、嫌いになるのですか？」

「そんなわけないわ！　蠱師じゃなくたって、お母様はお母様よ！」

さっきまでとは違う感覚で、心臓がばくばくと鼓動している。火琳は自分が何の話をしているのか、分からなくなってきた。

「それなら火琳、あなたの守るべきこの国に、蠱師が必要なのかどうか……もう一度よく考えてみてください。蠱師とは危険な存在なのですよ。女王であれば、危険は国から排除しなければなりません。あなたは女王に……なるのでしょう？」

頭を殴られたような気がした。蠱師は危険だ。そんなことは知っている。だけど、彩蘭がそんなことを言うとは思ってもいなかった。

少なくともこの後宮に蠱師を悪く言う者はいなかったし、骸が蠱師を滅ぼそうとするのは逆恨みだと思っていたから……

美しい女帝の口から蠱師を否定する言葉を聞き、火琳は呑みこまれた。彩蘭の声は奇妙に甘く優しくて、火琳の中にずぶずぶと入ってくる。

「ねえ、火琳、わたくしの言葉を信じてください。わたくしは、あなたに決して嘘を吐きませんよ」

頭がぼーっとする。どうしてだか、この人の言葉が体の中にどんどん入ってきて、他のことが何にも入らなくなってくるような……そんな変な感覚……

不思議なくらい、彩蘭の言葉は全てが真実に聞こえる。

だってこの人はすごい人で……私に期待してくれていて……嘘は吐かないというのなら……蠱師は……蠱師はこの国にいちゃいけない……？

今までずっと、蠱師は素晴らしいものだと思ってきた。なれない自分は劣っていると……だけど、そうではなかったとしたら……？

「ねえ、火琳……」

彩蘭が更に何か言おうとしたその時、部屋の戸がぱっと開いた。

いきなり駆け込んできたのは、鍠牙の側室である里里《りり》だった。里里は無表情で走ってくると、火琳の腕を引いて椅子から引きずり下ろし、背後に庇った。

「……あなたは？」

彩蘭は美しい微笑み浮かべたまま里里を見上げた。途端、里里の全身が硬く強張ったのを火琳は感じた。

「私は楊鍠牙陛下の側室です。お妃様がいないあいだ後宮を守るのは私の役目。王女殿下におかしなことを言うのはおやめください」

里里の声は震えていた。それが分かった瞬間、火琳はぞっとした。感情が死滅したかのようなこの側室が、本気で怯えている。自分はとんでもない人と会話していたのではないかと、火琳は初めて思った。

「私は可愛い姪《めい》と話をしているのですよ、出てお行きなさい」

どこまでも優しく彩蘭は言う。里里はそれでも火琳から離れようとしなかった。まるで蛇に睨まれた蛙《かえる》のように、里里と火琳は息をつめて固まってしまう。

部屋の中に恐ろしい沈黙が満ちる。すると、くすくすと鈴のような笑い声が静寂を破った。

一瞬、朝日が差し込んできたのかと思って火琳は目を細めた。

「こんにちは、ごきげんいかが？」

そう言いながら入ってきたのは、朝日などではなかった。

「おばあ様……？」

それは紛れもなく、火琳の祖母の夕蓮だった。

夕蓮が後宮の中を歩く姿など、火琳は見たことがなかった。おばあ様は病気で、離れで静養しているのだが、近頃は少しだけ外へ出られるようになったという。それでもせいぜい離れの外を少し歩くくらいのことで、こんな風に遠くまで出歩くところは初めて見た。

「あなたは……どなたでしょう？」

彩蘭はいささか戸惑ったように誰何《すいか》した。

夕蓮はにこにこと笑いながら歩を進めてくる。

「あなたが玲琳のお姉様なの？　私はね、夕蓮というのよ」

揺れる袖が羽のようだ。いつ見てもおばあ様は綺麗で、誰より綺麗で……火琳はうっとりと見入り、さっきまで囚《とら》われていた彩蘭の言葉を忘れた。

「あなたが夕蓮殿ですか？」

彩蘭は一瞬目を見張り、飛び切り上品な微笑みで立ち上がった。

夕蓮は軽やかに近づいてゆくと、興味深そうに彩蘭を眺めた。

「初めまして、話は聞いていますよ」

彩蘭は女帝の余裕で夕蓮を迎えた。

「うふふ、私もあなたの話は聞いてるわ。玲琳ってば、あなたのこと大好きなんだから、私、やきもち焼いちゃうわ」

夕蓮はくすくすと楽しそうに笑う。彼女はたいていい機嫌がよく、いつでもよく笑っている。けれど今の彼女は、いつもより特に機嫌がよさそうだった。

「わたくしに何か用ですか？　夕蓮殿」

「あのね、鍠牙からお願いごとをされたのよ。あの子からおねだりされるなんて久しぶりで、私はとっても嬉しいの」

「……そうですか、何をお願いされたのですか？」

彩蘭は子供を相手にするかのような言い方で尋ねた。

夕蓮は頰に指を添え、小首をかしげて答える。

「あのねえ……あなたを誘惑してほしいんですって」

「……何ですって？」

彩蘭の目が、そこで初めて驚きを示した。

「ええと……本当は誑してくれって言われたのよ。それって、誘惑するってことでしょ？　私、誰かを誘惑するなんて初めてなの。こんなことは生涯しないと思ってたから、ちょっと楽しみなのよ。だけどどうやったらいいのかよく分からないから……まずは私たち、お友達になりましょ？」

夕蓮は花の笑みで手を差し出した。

彩蘭は唖然として反応できずにいる。

「ねえ、私のこと嫌い？」

夕蓮は、固まっている彩蘭の顔を覗き込み、真っすぐにその目を見つめた。

「私はね、あなたのこと好きだわ。だって、玲琳のお姉様ですもの。だからきっと仲良くなれると思うの。本当は、大国の女帝なんてどんな怖い人だろうって思ってたのよ。ここに来るまで、とっても不安だったんだから。だけど……」

夕蓮は無邪気な微笑みで言った。

「あなたって、ただの可愛らしい女の子ね」

途端、彩蘭の表情が凍った。

「だから安心したの。ね？　私とお友達になりましょ、彩蘭？」

花の微笑みを受け、彩蘭は凍てついた表情を溶かし、ふわりと笑い返した。

「それは素敵ですね」

「本当？　お友達になってくれる？」

「ええ、ぜひともあなたと仲良くしたいと思いますよ」

「嬉しい！　じゃあ、これから私たちはお友達ね？」

「ええ、仲良くしてくださいね」

二人の美女は朗らかに笑い合う。

その光景を見て、火琳は青ざめた。なんだかとても、怖い。こんなにも優しく美しく微笑んでいるのに、彩蘭は——怒っていた。それが分かった。

「……彩蘭様でも、思い通りにならないことがあるのね。彩蘭様でも、絶対じゃないのね」

火琳はようやくそれを理解した。

この人を、絶対的に正しい何かだと信じてはいけないのだ。この人でも、全てを意のままに操れるわけではないのだ。

険しい顔をしている火琳に気付き、彩蘭が心配そうに顔を覗き込んでくる。

「火琳、どうかしましたか？」

「私は蠱師が、好きだわ。だから……蠱師を守りたいって思っちゃうのよ。私は無能かもしれないけど、それでもやれることを全部やりたいわ」

「火琳？　何を……」

「だから彩蘭様、私は蠱師を守るわ！　あなたの言うことは正しくないと、私は思うわ！」

そう宣言し、火琳は窓に駆け寄った。窓を開け放ち、夜気を思い切り吸い込んで、

「黒《くろ》ー！　ここに来て！」

呼んだ。すると、その呼び声に応えて宵闇の中に、夜より黒い巨体が音もなく現れた。玲琳の使役する蠱の一体、犬神だ。

「行くわよ黒！　蠱師の危機なの。お前も蠱師を守りたいって思ってるでしょ？　だから、私を連れていって！」

火琳が窓枠によじ登って飛び出すと、犬神は火琳をぱくんと咥えて走り出した。

唖然とする彩蘭と夕蓮と里里を残し、火琳は王宮から飛び立った。

第四章　囚われの魔女は悪夢を見るか

「これは何の真似かしら？」

玲琳は冷厳な瞳で彼らを見据えた。

目の前には、黄梅をはじめとする蠱師たちがいる。彼女たちは、玲琳が家から出て行かぬよう立ちはだかっていた。

里長の住まいである月夜の家に、玲琳は閉じ込められていた。

玲琳が炎玲の居所をさがすために放った青の蝶はすぐに追い返されてしまい、それを見た蠱師たちがこの暴挙に出たのである。

「森羅からの報告にあった、骸という剣士……それが今、里を狙っている……と、あなたは言いましたね？」

黄梅は淡々と確認してきた。

「ええ、言ったわ」

あの羽は鶏蠱の羽だ。間違いなく、骸は近くに迫っている。

「里を守るため、最悪の場合にはあなたをその剣士に差し出します」

玲琳は啞然とした。予想もしていなかったことを言われ、何かの冗談かと思ったくらいだ。

「それでどうするの？　私を差し出した後どうするの？　骸は蠱師を滅ぼそうとしているのよ？　今度はお前たちが一人一人命を差し出してゆくの？　お前たちはそれほどまでに愚かだったというの？」

「……里には守り手の男が何人もおります」

「乾坤は斬られたわ」

「森羅がいます」

「葉歌も幽閉したのでしょう？」

彼女たちの言っていることは支離滅裂で、玲琳の理解を置き去りにしていた。

蠱師たちはどこまでも落ち着き払って玲琳を見据えた。

「問題はありません。私たちには切り札がありますから」

「切り札？　骸を退けられるほどの？」

「ええ、白の蛇です」

その名を告げられ玲琳は瞠目した。白の蛇……玲琳が捜そうとしていた蠱の最後の一体だ。

「白の蛇は貪食の権化……敵の肉を喰らうためだけに造蠱された怪物……あれはたとえ天敵であろうとも恐れることなく喰らい、無限に肥大する……この里で唯一、毒の効かぬ剣士に抗しうる蠱……」

黄梅の言葉に、玲琳はぞくりと震えた。そんな蠱が存在するのか……

「白の蛇を使って、骸という剣士を始末します」

「お前たちは、初めからどこに白の蛇が封じられているか知っていたということね？知っていて、私を試そうとしたの？　ならば、それを私に寄越しなさい。私がそれを使って骸を退けるわ」

「……あなた自身が見つけたのでなければ、里長を継ぐ儀式をこなしたとは言えませんよ」

「そんなものはどうでもいいわ」

玲琳は即答した。そんなことは、今考えてもいなかった。

「私はお前たちを守りたいだけだわ。お前たちが可愛くて大事だから、ただ、死なせたくないと思うだけよ。それ以外は何もないわ」

きっぱりと告げる玲琳に、蠱師たちはびっくりした様子で互いに顔を見合わせた。

「……私たちは、あなたにそう言われるような態度をとっていたとは思いませんが」

冷静な黄梅も、いささか困惑しているように見える。

玲琳は彼女たちの態度を顧みて、ふっと笑った。人形めいた態度と、それに相反する乙女の姿。そのどちらが彼女たちの本質か……

「それが何だというの？　お前たちが私を疎んじているから何だというの？　私がお前たちを好きだと思うことに、お前たちが私をどう扱うかは何の関係もないわ。お前たちは、自分の言動ごときがこの私の心を変えられるとでも思っているの？　自惚《うぬぼ》れが過ぎるわ。お前たちがいかに私を冷遇しようと、私はお前たちを愛しているし、全身全霊で守るわ」

凶器のような愛情を向けられて、蠱師たちはしんと静まり返った。痛いほどの静寂の中、黄梅がゆっくりと首を振った。

「あなたに白の蛇を渡すことはできません。あなたはいざという時の人柱。ここでおとなしくしていてください」

冷酷にそう言うと、蠱師たちは家から出て行った。

「見張りを付けますので、逃げようなどとは思わないように」

そう告げ、戸を閉めて外からつっかい棒をしてしまう。

玲琳は脱力し、戸口の前で立ち尽くした。

「なんてことかしら……」

自分の無力に吐き気がする。このままだと、里はどうなるのだろう？　何より、攫われてしまった炎玲は？

玲琳は忌々しげに壁を殴った。

炎玲はおそらく、骸に攫われたのだ。そうでなければ、炎玲を追った青の蝶が逃げ帰るはずはない。毒の効かぬ天敵の血に、青の蝶は怯えて帰ってきた。

骸は何の目的で、炎玲を攫った……？　蠱師を滅ぼさんとする骸の標的に、炎玲は入っているのだろうか……？

「お妃様！　ここにいらっしゃるのですか？」

家の外から雷真の声がした。

「雷真？　ええ、いるわ。開けてちょうだい」

「すみません、つっかい棒に変な札が貼られていて、上手く外れないのです」

なにかの蠱術だろうか？　蠱師としての修行などまるでしていない雷真にはどうしようもなかろう。

「お妃様、私が炎玲様を助け出してきます」

「お前、炎玲の居場所が分かるの？」

「いえ、ですが必ずこの山の中にいるはずです。なんとしても捜し出します」

その決意に玲琳は絶句した。

「お前一人で山狩りなど、できるものではないわ！」

「いいえ！　必ずやお助けしてみせます！　私は陛下から王子殿下の安全を任された護衛です。たとえ陛下が何を企んでいようと、忠誠心は少しも変わりません。ですから私が炎玲様をお助けするまで、どうかお耐えください！」

そう言うと、雷真は足音を立てて走っていった。

何ということだろう……玲琳は頭を抱えてしまった。

しばらくそうしていると、

「玲琳様……大丈夫ですか？」

家の外からかすかな声が聞こえた。術のかかったつっかい棒を外して入ってきたのは、葉歌の妹である蠱師の少女、螢花だった。

「長老が、私に玲琳様の見張りをしろって……」

「ああ、お前が見張り役なの」

そう呟き、玲琳は螢花を見上げた。兄を斬られ、家の中で怯えて蹲っていた彼女の姿を思い出す。酷くやつれて目の下に濃いくまがあった。この少女を慰めてやる者はいるのだろうか？　姉の葉歌も、今は乾坤と共に医療小屋とやらにいるはずだ。この子は今、一人なのだろう。

「螢花、お前……私に力を貸すつもりはある？　その気力はある？」

玲琳は彼女の現状を知ってなお、問うた。

やつれ切ったこの少女に、手を差し伸べるのではなく手を差し伸べろと要求する。

螢花はしばし戸惑い、覚悟を決めたように頷いた。

「里が狙われてるなら、私も、戦います」

「いい子ね」

玲琳は満足げに頷き返した。

「私は攫われた炎玲を取り戻さなくてはならないわ」

雷真一人でどうにかできるものではないだろう。

「はい、お手伝いします」

螢花は腿《もも》の辺りでぐっと拳を握る。

「まず疑問なのだけれど……骸は何故炎玲を攫ったのかしら？　炎玲を蠱師として標的にするなら、その場で斬り捨てればいいだけのことなのに」

玲琳は物騒なことを淡々と口にした。

「……人質……とか？」

急な質問に戸惑いながらも、螢花は一生懸命考えて答えた。

「あの男が人質を必要とするかしら？　毒が効かず、乾坤を容易く斬ってしまえるほどの剣士が？」

すると螢花は唇を噛《か》んだ。斬られた兄の姿を思い出したのかもしれない。

「そもそも、何故骸は乾坤を斬ったの……？」

瞬間、螢花がぶるっと震えた。

彼女が閉じこめられていた家の外で、乾坤は斬られていたのだ。しかし骸には、そもそも乾坤を斬る理由がない。乾坤は蠱師ではないのだ。たとえ乾坤が偶然骸と鉢合わせして、骸の前に立ちはだかったとしても、骸は乾坤を斬らないのではないかと玲琳は思う。

基本的に骸という男は、人の理解を求める傾向が見て取れる。自分と敵対した普稀に対してもそうだったし、鍠牙に至っては仲間にしようとさえした。

彼は孤独で、自分を理解してくれる人間を欲しているようなところがある。だから、自分と同じ境遇で剣士になった乾坤を、問答無用で斬りはしないだろう。

ならば、乾坤の方から戦いを挑んだのだろうか？　そして斬られ、瀕死《ひんし》の状態で螢花を守るために家の戸を塞いだ……？

しかし、乾坤は里長の命令で動く存在だと、彼は自分で言っていた。ならば今の彼に、骸と戦う理由はあるのだろうか？　そもそも一時は里長たる月夜を殺そうとまでしたことがあるというのに……

と、そこで玲琳は不意に思った。

「螢花……お前は何故、乾坤が斬られたことを知っていたの？　家の戸は塞がれていたのに」

螢花は閉じ込められていたはずなのに、家の中で怯えていた。乾坤が斬られたことを確かに知っていたのだ。

問われた螢花は、一瞬びくりと震えた。

「お前……もしかして、乾坤が斬られるところを見ていたの？」

だとしたら説明がつく。昨夜、骸と鉢合わせしたのが乾坤ではなく螢花だったとしたら……？　乾坤は螢花を守るために戦っただろう。妹を守るためならば、彼は掟や立場にかかわらず剣を振るっただろう。

「そうなの？」

重ねて問うと、螢花は首を横に振った。

「……見てません」

「螢花」

「知りません！」

かたくなに言う。明らかに怪しい。

そもそも骸は何を目的にして里へ侵入したのか。彼の最初の標的は玲琳だったはずだ。ならば彼は、玲琳を殺すために里へ入ってきたのだろうか？　そして乾坤と螢花と鉢合わせした？　螢花を守るために戦った乾坤は骸に斬られ、瀕死の状態で螢花を家に押し込み、戸を塞いだ……ということか？

玲琳は昨夜の出来事を想像し、物語を組み立てた。

しかし、どうもしっくりこない。骸という剣士は、こんな雑に事を起こすような男だっただろうか？

里にいる百人近い蠱師を殺そうというのだ。迂闊《うかつ》に乗り込んでくるとは思えない。

そして骸が乾坤を斬る様を、螢花が見ていたのだとしたら……何故、それを隠そうとするのだろう？

「螢花、お前……何を見たの？　乾坤が骸に斬られるところを見たのなら、隠す必要はないはずだわ」

そうだ、隠す必要などない。隠すことがあるのだとしたら……

「もしかして、乾坤を斬ったのは……骸ではなかったの？」

しかし螢花はじっと俯き何も答えなくなった。

玲琳はひやりとする。乾坤を斬ったのが骸でなければ……犯人は一人しかいない。

裏切者だ。骸に赤の蟷螂を与えた裏切者。それが、乾坤を斬った。

「お前は裏切者を見たのではないの？　それを庇っているの？」

そう聞きながら、玲琳はこの発想の矛盾点に気が付いていた。乾坤は里で二番目に強い剣士だ。それが乾坤という符丁だ。そんな男を斬ることができる剣士など……この里には一人しかいない。里で最も強い符丁を持つ剣士、森羅だ。しかし、それはありえないということを玲琳は確信していた。

葉歌は、玲琳の命令なく乾坤を斬ることはない。絶対にない。

ならば誰が、乾坤を斬った……？　それを成しうる者はどこにもいないというのに。

そもそも裏切者は、剣士ではなく赤の蟷螂を盗んだ蠱師のはずだ。毒の耐性を得た剣士に蠱毒は扱えないのだから。

蠱を扱ったのなら、裏切者は剣士ではありえない。

そして乾坤を斬ったなら、蠱師でもありえないのだ。

そう考えると何もかもがおかしい。剣士でも蠱師でもありえない裏切者……まるでこの世に存在しない亡霊のようだった。

「……玲琳様……仮に裏切者を見つけたとしたら、いったいどうなさるんですか？」

螢花が今にも気を失いそうなほど青い顔で聞いてきた。

玲琳は、裏切者を見つけたら殺してしまうかもしれないと思ったことを思い出し、それを口に出すのを躊躇《ためら》った。

そしてその問いから、彼女が見たのはやはり裏切者が乾坤を斬るところだったのだと察する。

「酷い罰を与えるんですか？」

「お前は兄が斬られて平気なの？」

反射的に聞き返した途端、螢花の表情が強張った。そして、引きつるように……笑った。

「……平気だと思いますか？」

ぞわっと……全身に鳥肌が立ち、玲琳は思わず頬を緩めそうになる。

未熟な少女であろうと、彼女もまた蠱毒の里の蠱師なのだ。

玲琳はどうにか冷静さを保ち、再び思考を巡らせた。

螢花は間違いなく、裏切者を目撃している。存在しえない亡霊のごとき裏切者を。

その上で、庇っているのだ。

「裏切者は、お前と親しい者なの？　今も里の中にいるの？」

螢花は唇を嚙みしめ、拳を握って俯いた。決して答えまいとするかのように。

しかしそれはほぼ、肯定と同じだ。そして今の玲琳は、彼女に裏切者の名を吐かせる術《すべ》を持ち合わせてはいなかった。

どうしたものかと考えて、ふと疑問が生じる。

乾坤を斬ったのが裏切者だったとしたら、炎玲を攫ったのもその裏切者だということになる。

ならばその裏切者は、何故炎玲を攫ったのか……

乾坤を斬った目的も、炎玲を攫った目的も、何も分からない裏切者……

あの朝、炎玲が一人になったのは全くの偶然だった。たまたま全員が、眠っていた炎玲から目を離してしまったのだ。そのわずかな隙をついて、炎玲を攫った……？

そこでふと、玲琳は嫌な予感がした。

「ちょっと待って……そもそも炎玲は、本当に攫われたの……？」

あの子の傍には玲琳の与えた蝶がいる。それが玲琳に危険を知らせないということは、そもそも有り得ないのだ。そのことに今気づいた。だとしたら……まさか……自分から……!?

いつも無邪気に無茶苦茶なことをしでかす子供たちのことを思い、玲琳は頬を引きつらせた。

「炎玲、あの子……とんでもないことをしてくれたわね」


王宮から王女がいなくなったという知らせは、無論鍠牙にもすぐに届いた。

犬神に乗って自分から出て行ったことと、護衛の風刃と占い師の紅玉《こうぎょく》がいなくなっていることを知らされ、鍠牙が最初に思ったのはそれなら安心だということだった。

あの犬神が一緒なら、どんな危険からも逃げられるだろう。ましてや風刃と紅玉が一緒となれば、これほど安全なことはない。風刃の剣技は卓越したものだし、紅玉はあらゆる危険な未来から火琳を遠ざけることができる。

痛みに苛まれてまともに動けない自分の傍よりは、よほどましだ。

何より、この王宮には現在李彩蘭がいる。あの女の魔手が届くところに可愛い娘を置いておくのはあまりにも危険だった。

故に、鍠牙は火琳が家出をしたことにはそれほど動揺しなかった。

むしろ今ならいくらでも狙ってこいと、心中で骸に思ったくらいである。

そうして再び夜を迎え、休もうとしたところで……突如強烈な頭痛に襲われた。

鍠牙は部屋の中で蹲り、突然のことにぞっとした。呪いの捻《ね》じれによる痛みとは明らかに違っていた。この痛みには何度も覚えがある。これは玲琳が、鍠牙の中に仕込んでいる毒蜘蛛《どくぐも》のもたらす痛みだ。もしや、彼女に何かあったのかと、全身から汗が噴き出す。

そこで、目の前にひらりと宙を舞う異質な生き物が現れた。優雅に羽を動かす黒く大きな蝶。炎玲が玲琳から与えられた蝶だ。鍠牙が手を差し出すと、蝶はその指先にとまり、襲いかかる頭痛はたちまち治まった。

「……炎玲に、何かあったのか？」

鍠牙は蝶に問いただす。答えはない。が、答えはなくとも鍠牙は立ち上がっていた。

「ここからだとどのくらいかかるんだろうな……」

呟き、部屋を出る。そして側近の利汪を呼び、簡単に説明してすぐさま王宮を飛び出した。馬を駆る鍠牙を追おうと利汪が騒いでいるが、置き去りにする。

自分は死ぬのかもしれないなと、理性のようなものが不意に囁いた。

理性だと……？　そんなものは母親の胎に置いてきた。

飛ばした蝶はちゃんとお父様のところについたかな……？

炎玲はそんな心配をしながら焚火《たきび》の傍に座っていた。膝に頬杖を突き、目の前の光景を眺める。

骸とマムシが、短剣を手に斬り合っていた。

「おっせえなあ！」

そう叫んでマムシが斬りかかる。骸は易々とその短剣を受け止めたが、立て続けにマムシの蹴りが脇腹を狙い、素早く背後に飛びすさる。

「逃げるなよ！」

と、マムシは追撃するが、骸はその腕を摑まえて放り投げた。マムシは身軽にくるりと回転し、着地する。

炎玲の目には、とても追いきれないほど二人の動きは速かった。こんなに強い子供がこの世にいるのかと、炎玲は驚きながらマムシを眺める。

「ねえ、そろそろお魚焼けたよー」

炎玲は焚火の周りに刺していた魚の串を引っこ抜きながら、二人に声をかけた。

マムシはすぐに振り向き、ひとっ飛びして炎玲の横に座った。

骸はマムシの反対側に腰を下ろす。

「ねえ、火傷《やけど》しないように食べなね」

と、炎玲は魚の串をマムシに差し出す。マムシは仏頂面で、黙って魚を受け取った。

一口かじり、熱そうにはふはふやっている。

その様子を確かめて、炎玲はもう一本引っこ抜くと今度は骸に手渡した。骸は気の乗らない様子で魚を口にする。あまり好きじゃないのかもしれない。

炎玲は最後に自分の魚を取って、ちびちびと小さな口で食べ始めた。

子どもが三人で迷子になってるみたいだなあ……と、炎玲は不意に自分たちを顧みた。

炎玲には大事な大事な姉がいるけれど、時々下のきょうだいが欲しいなと思うことがある。

「俺……お前みたいなやつは嫌いだよ」

魚を食べ終わるとマムシはいきなりそんなことを言った。

「僕、何か悪いことしたかな？」

炎玲は面食らって聞き返した。

「ぬぼーっとしてて、のらりくらり相手を煙に巻くんだ。一番性質《たち》が悪い」

マムシは残った魚の骨をガジガジやりながら腹立たしげに言う。

「そっか、ごめんね」

「そうやって謝るところも性質が悪い」

「あはは、ごめんね」

すると彼は余計腹が立ったらしく、炎玲の足を蹴った。けれど、ずいぶん手加減してくれたようで痛くはない。

「お前の笑ってる顔、ムカつく」

「じゃあどんな顔してたらいいの？」

「泣かせてやろうか」

「僕は泣き虫だから、すぐ泣いちゃうよ」

と、炎玲はまた笑った。マムシはますます頬を膨らませ、げしげしと炎玲の足を蹴る。全然痛くはない。

「ムカつく！　てめえ泣かす！」

マムシは怒りをあらわにするが、彼が何をそこまで怒っているのか炎玲にはよく分からなかった。

「どうせ泣き寝入りしたことが恥ずかしかったんだろ」

骸がぼそりと言った。

「そうなの？」

首をかしげて聞いてみると、マムシはたちまち怖い顔で真っ赤になった。

「ガキはすぐ泣くからな。泣いてすむ程度のことなら簡単だ」

冷たく、わずかの苛立《いらだ》ちを込めて骸は言った。

「きみは泣いたりしないの？」

炎玲は骸の顔を覗き込んで聞いてみた。

「まさか、泣いたりなんかするわけがない。家族を殺して心を壊されて奴隷にされて許嫁《いいなずけ》を殺されて……どんな悪夢を見ようがそれでも泣くわけがない」

淡々と彼は答えた。何故だか、今彼は炎玲とマムシを傷つけようとしているんだなと思った。

「悲しかったら泣いてもいいよ」

「悲しい？　いいや、何も感じないな。愛してた家族なのに、あんなに愛してもらったのに、愛しいとも悲しいとも辛いとも思わない。涙なんか出たこともない」

「そう？　でもきみは、泣いてるように見えるよ？」

炎玲がじっと骸を見つめていると、隣でふんと鼻を鳴らす音がした。

「悪夢が何だよ。不幸自慢か？」

マムシが嘲るように笑っていた。

「何十年も生きてるくせに軟弱な奴。悪夢くらいで長生きできるなら、百万回でも見てやるよ」

「……死にかけてる自分がそんなに憐れか？　お前こそ、この世で一番不幸だって顔してるな」

骸が冷え冷えと言うと、マムシは唸るように牙を剝いた。

「少なくとも、愛された記憶のある奴に不幸がどうとか言われたくないね。俺は生まれてこの方、人に愛されたことなんか一度だってなかった」

「ガキが拗《す》ねてるようにしか見えないな。自分の全部を叩き壊されたこともないくせに、何が不幸だ」

するとマムシは立ち上がり、骸の前に立った。

「お前、死にたくないって叫んだことあるのかよ」

「そういうお前は、生きていたくないって絶望することはあるのか？」

相手を殴りつけそうな目つきで睨みあう。

そんな二人を見て、炎玲はマムシの腕をぱち一んと叩いた。続けざまに骸の膝をぺち一んと叩く。

「ケンカしちゃ、ダメだよ！」

キッと目を吊り上げる。

「仲間なんだから、仲良くね！　ね！」

マムシと骸の手を取り、無理やり握手させる。

「うるさいな……お前なんか不幸とは無縁な顔しやがって……」

マムシは不貞腐れたように骸の手を振り払い、炎玲を睨む。炎玲はにこっと笑い返した。

「だって、僕まで不幸だったらきみたちのこと、助けられないでしょう？　僕はちゃんと、幸せでいないと」

「厚かましい奴だな！」

たちまちマムシが激昂した。

「お前なんかが俺たちを救えるなんて思うな！」

そう言われ、炎玲は少しだけ嬉しくなった。

「……何笑ってんだよ」

「俺たちって言葉、僕は好きだな」

笑う炎玲に、マムシは怒気を削《そ》がれたらしく呆れ顔になった。

「お前って本当に馬鹿だ」

「僕は馬鹿じゃないと思うけどなあ……」

炎玲はちょっとむくれる。

「ばーか！」

と、マムシはわずかに笑った。彼がこんな風に笑うところを初めて見た。

この子たちを助けてあげたいなあ……炎玲は心からそう思った。


巨大な犬神が野山をかけ、村々を通り抜け、人々に悲鳴を上げさせ走ってゆく。

「火琳様！　いったい何をするつもりですか！」

犬神の背に跨って厳しく問いただしたのは、王宮に仕える女官であり、占い師であり、この犬神の妻でもある女性、紅玉だった。

「馬鹿な弟が馬鹿な男をどうしても助けたいって言うから！　姉としてはほっとけないのよ！」

紅玉の前に座る火琳は腹立たしげに答える。

「聞き捨てなりませんよ！　馬鹿ってのは、炎玲様のことですか？　俺の大事な王子に何てこと言うんですか、この姫君は！」

　くわっと牙を剝いたのは、炎玲の護衛役である風刃だ。火琳は犬神に乗って王宮を出る時、二人を攫ってきたのである。

　すさまじい速さで走る犬神の背に乗っていても、三人はまるで揺れを感じることなく悠々としていた。

「炎玲はね、骸に同情してるのよ。甘くて馬鹿な子。だけどどうしてもそうしたいって言うなら、私が力を貸すしかないじゃない？」

　火琳は強く荒いため息を吐く。

「炎玲様があの野郎に？　くそ……あいつ、ぶち殺してやろうか」

　風刃は一瞬驚いたのち、舌打ちして拳を打ち鳴らした。

「馬鹿なことするんじゃないわよ、お前は私と紅玉を守ってくれればいいの」

「分かってますよ。陛下のことは気がかりですが、あなたを守る方が大事だ」

　断言した風刃に、火琳はちょっと嬉しそうな顔をした。

「火琳様、何で私を連れてきたんです？　私に何をさせる気ですか？」

　紅玉が警戒の火を灯して聞いてくる。

「お前の力を借りたいの。お前は人の過去を見ることができるんでしょ？　誰の過去でも、どこまででも」

途端、紅玉の表情が凍った。しかし火琳は怯《ひる》まない。

「あらゆる過去とあらゆる未来を見ることができる占い師の紅玉、お母様はお前に占いをさせないと言うけど、私は違うわ。炎玲のためなら何でもするの。もちろんお前の能力をタダで使おうとは思わない。これは借りよ。未来の女王がお前に借りを作るの。いつか私が女王になった時、必ず返すわ。楊火琳の名に懸けて嘘は吐かない。だからお願いよ、私にお前の力を貸してちょうだい！」

するると紅玉は値踏みするような目で火琳を見下ろした。

「……あなたの代になった時も私たちの安全が保証されるってのは、悪くないね……私に何を見ろというの？」

紅玉の態度が急に変わった。その冷たい対応に、火琳は頬を緩ませる。紅玉はいつも、火琳と対等に話をしてくれる。火琳はそれが嬉しかった。

「壊れたものを修理するのよ。そのために部品を、一緒に探して！」

必死の懇願に、紅玉は眉を顰めた。しばし渋面で黙り、深く息を吐く。

「私は以前、お妃様を占いました。葉歌さんと相打ちになって死ぬはずだった骸という男を生かす未来を、私は選んだ。その先にあるものを、私は全部知っている」

厳かに言い、全ての過去と全ての未来を見通す占い師は火琳を見据えた。

「火琳様、あなたが骸を殺すんです」

月夜の家に閉じ込められ、玲琳は家の真ん中でじっと座り込んでいた。

目の前には数えきれないほどの書き物が広げられている。それらは全て、代々の里長が書きつけた記録だった。その記録と、玲琳は長いこと格闘し続けている。

ふと頭の中にいなくなった炎玲の姿が浮かび、集中が途切れた。

一瞬、苛立ちのような寒気のような不快感を覚え、それを吐き出すように強く息を吐く。

炎玲はきっと大丈夫だ。自分にそう言い聞かせる。

あの子は昔から蟲に愛される。獣に愛される。そして人に愛される。炎玲の優しさと朗らかさは、不思議と人を癒すのだ。あの子は周りを幸せにする。だからあの子が殺されることはない。そう、信じる。

ただ、時折ふと思うことがある。

誰にも言えないが……特に鍠牙には絶対に言えないが……炎玲のあの性質は……祖母である夕蓮の性質に少し似ている。

この世の誰にも御せない圧倒的な化け物のそれに……

けれどそれは、誰にも確かめようがないことだ。あの子が死なずに済むのなら、どのような性質を受け継いでいようが問題はない。

炎玲が無事であることをただ信じ、玲琳は自らの成すべきことを成そうとしているのだった。

それはつまり、白の蛇のありかを見つけて蠱毒の里の里長になることだ。そうしなければ、骸から里を守ることはできない。

そう考えて、過去の記録を漁《あさ》っているのである。

そうして一晩中記録を眺め続けていた玲琳は、まるで月夜が傍にいて、様々なことを教えてくれているような錯覚に陥り始めていた。彼女が何を考え、どのように過ごしていたのか……分かる気がする。

彼女が言っていた究極の毒のその正体……この世の理を覆すほどのその蠱術の正体……月夜という蠱師が真に何を望んでいたのか……それが分かった気がする。

「なんて罪深く……恐ろしいおばあ様……」

玲琳はうっすらと口の端に笑みをのせた。その時、家の戸が開かれた。

「玲琳様……夜が明けました。もしかして、ずっと起きてたんですか？」

顔を覗かせたのは螢花だった。玲琳の見張りを任された彼女は、何くれとなく玲琳の世話を焼いてくれている。もっとも、夢中になっていた玲琳は彼女の存在など完全に無視してしまっていたが……

「ああ……お前、いたの？」

「いましたよ。何度声をかけても玲琳様は気づいてくれませんでした」

吐息を漏らす螢花の顔色は相変わらず悪い。

兄が斬られたこと……それを見ていたこと……そして、その犯人たる裏切者を庇っていること……それら全てがこの少女の肩に重しとなってのしかかっているに違いなかった。

「螢花、お前……長生きしたい？」

玲琳は唐突に問うていた。あまりに唐突すぎて、螢花はぽかんとしていた。

「蠱毒の民は短命だわ。これは呪いよ。長年毒と死を吸い続けて、自らを呪ってしまったのだわ……」

「どうして……急にそんなこと……？」

螢花の顔色が明らかに変わった。酷く動揺しているように見える。

「ただ、お前たちの意見を聞きたいだけよ」

玲琳は率直に説明する。螢花は腹の辺りで拳を握り、しばし躊躇って口を開いた。

「……酷く短命な……もう長く生きられない子を一人知っています。どうして彼が死ななければいけないんだろう……とは、思います。あまりにも可哀想《かわいそう》だ……と」

子と彼という言葉から、その相手が少年なのだということは分かった。

「お前の親しい相手なの？」

更に問うと、螢花は小さく頷いた。

「一度しか里を出たことがない私と違って、彼はしょっちゅう里の外に出てて……いつもいろんな話を聞かせてくれて……私もそんな風に生きられたらって思うけど、無理だから……だから、せめて彼には私の代わりに、この先も自由に外を見てほしいって……そう思ってしまうんです」

その言葉に、玲琳の胸はどくんと大きく鼓動した。

頻繁に里を出る、短命の少年……その少年が自らの運命故に里を憎んでいたとしたら……？　骸という剣士の存在を知ったとしたら……？

まさかその少年が『そう』なのか……？

そしてその少年が『そう』なのだとしたら……螢花は庇うに違いない。

「私は彼に長生きしてほしい……でもそんなの無理だから！　だから彼が腹を立てる気持ちが分かるんです！　ずっと一人ぼっちで誰からも愛されてこなかった彼が、何で自分だけって思う気持ちも分かるんです！」

螢花は突如訴えるように叫んだ。目頭に盛り上がってきた涙が、零れることなく揺れている。

「私では救えないんです……誰か……彼を助けて……」

呟きのような声は家の壁に吸い込まれて消えた。

「……いいわ、私が助けよう」

玲琳は腹を括《くく》ってそう答えた。螢花は一瞬目を見張り、しかし力なく首を振った。

「無理ですよ……いくら玲琳様がすごい蠱師でも、里長でも、無理なことはあるでしょう？」

「無理ではないわ。私が救うわ。見ていなさい」

玲琳は間髪を容れずはったりをかました。やると決めたことはやれると断言するのが玲琳という蠱師のやり方だ。それは昔から変わらない。

「お前たちは蠱毒の里の里長がいかなるものなのか、存外知らないのでしょう。見せてあげるわ、待っていなさい」

「……無理ですよ」

「そう思うからお前には無理なのでしょうね」

玲琳は挑発するように言った。何か言い返してくるかと思ったが、螢花は暗い顔で俯いてしまった。

玲琳はひらりと手を振り、背を向けた。

「これから眠るわ。見張りをしていなさい」

唐突な宣言に、螢花は顔を上げた。

「少しばかり殺し合いをしてくるから、起こさないで」

そう告げると、少女を残して家の奥へと引っ込む。

雑多に物が散らばる部屋の片隅で丸くなり、目を閉じる。

「さあ……来なさい」

その言葉を合図に、意識は体内へと潜り込んだ。


「お魚焼けたよー」

炎玲が焚火の前で言うと、今日も剣戟《けんげき》を繰り広げていた骸とマムシは、短剣を収めて焚火の傍にやってきた。

炎玲が彼らとともにここで過ごして、七日が経っていた。

「あと三年もしたらお前に勝てると思う」

マムシは炎玲の差しだした魚にかぶりつきながら言う。

「お前、その頃には死んでるだろ」

骸が冷たく言い返す。

「え、何？　今すぐ殺してほしいわけ？」

「できもしないことを言うあたりがガキだ」

「てめえ……」

　マムシが立ち上がったので、炎玲はその袖を引っ張った。

「ケンカしないの！」

「うるっさいなあ！　分かったよ！」

　マムシはどかっと腰を下ろし、再び魚をほおばる。綺麗に平らげ骨だけにすると、それを後ろにぽいっと放った。

「ああ、美味かった。じゃあ……そろそろやろうかな」

　そう言うと、洞穴の中から縄を持ってくる。そしてきょとんとしている炎玲を、たちまち近くの木に縛り付けてしまった。

「お前とここにいるのも悪くなかったけど……悪ふざけはこの辺で終わり。ようやく準備が終わったんだ、俺たちはこれから里に行く。邪魔されたくないからここで待ってな」

「何しに行くの？」

　突然のことに訳が分からず、炎玲が縛られたまま聞くと、マムシは冷たい目で見下ろしてきた。さっきまで気安く会話をしていたとは思えない……まるで別人のような冷たさだった。

「狩りだ」

骸が淡々と答えた。

「狩り……？」

「蠱師を一人残らず狩る」

「……そんなの無理だよ。ねえ、里には蠱師がたくさんいたよ。全員逃がさず殺すなんてできないよ。きみたちはとっても強いのかもしれないけど、それでも無理だよ。里には蠱師を守るための剣士が何人もいるんでしょう？　その中には、葉歌もいるんだよ。だから無理だよ」

絶対の信頼をもって炎玲は断言した。しかし、その途端、マムシが忌々しげな目つきで顔を近づけてきた。

「森羅が無敵だとでも思ってんのか？　殺せるよ。骸には無理でも俺なら殺せる」

「俺には無理――は、余計だ」

骸が文句を言ったが、マムシは無視して自分の喉を指した。

「俺は剣士の中に生まれた特別な剣士だ。この貧弱な体には特別な力が与えられてるんだよ。蠱師を殺す剣士を――殺すための力がな」

その言葉を聞き、炎玲はようやく確信を持った。

「乾坤を斬ったのは、きみだったの？」

「今頃分かったのか？」

マムシはにたりと笑った。

「乾坤が最初の一匹だ、順番に狩ってやる……！　守り手の男たちを全部殺して……蠱師を全部殺して……李玲琳を殺すんだ。最後まで残したあの女に、里が滅んでいくところを見せるんだよ」

「お母様を苦しめたいから、最後まで残すってこと？　やめなよ。きみのほうがずっと苦しそうなのに、そんなのやめなよ。僕がいっしょにあやまってあげるから、だからやめよう？」

「……お前のその偽善者面がムカつくんだよ！」

彼は炎玲が縛られている木をどかっと蹴った。

「何様のつもりだ？　お前に何ができるって言うんだよ！」

「……僕は子どもで、まだ弱くて、何もできないよ。でも……いっしょにいるよ。それならできるよ」

炎玲は間近でマムシを見上げた。マムシは怯んだように黙り込む。

森の中に束の間の静寂が訪れる。

「そろそろ行くぞ」

沈黙を破って骸が促した。マムシはどこかほっとしたように炎玲から離れた。

背を向け、二人の剣士は歩き出す。

「ねえ！　一つ聞かせてよ！　きみたちが蠱毒の民を順番に殺していくっていうなら……僕はいったい何番目なの⁉」

炎玲が叫ぶと、マムシは首だけで振り向いた。

「……お前なんか殺しても意味ないよ」

そう答えると、二人は今度こそ夜に向かって消えていった。


目の前には一面の花畑が広がっていた。

幼い玲琳は花畑を駆けてゆく。

そこに一人の女が立っている。

「騒々しいな、静かになさい。蟲たちが起きてしまう」

「お母様……」

玲琳はその女性を――母の胡蝶を呼んだ。

「何をしていたんだ？　ずいぶん汚れているな」

「……花畑で……蟲を探していて……」

「そうか、それでそんなに汚れたか。手も足も衣も……どこもかしこも血塗れだ」

言われて玲琳は自分を見た。母の言葉通り、小さな体は赤く染まっている。

これは夢だ……夢を見ている……

そこで玲琳はようやくそのことを自覚した。

この数か月、毎晩見ている夢だった。

「おいで、一緒に蟲を探してあげよう」

胡蝶は花畑の中を歩きだした。八歳の玲琳は懸命に後を追いかける。

いつもの夢だ。赤の蟷螂に呪われて以来、いつも胡蝶の夢を見ている。

しかし――この日はいつもと違っていた。

花畑の美しい花々が、突如枯れた。端から端から枯れてゆき、茶色く乾いた死骸となってかさかさと音を立てる。

呆然とする玲琳の前で、胡蝶は花畑の先を指さした。

枯れた花を踏みしめて歩いてくる一人の女……

「おばあ様……」

玲琳は生きていた時と何ら変わらぬ月夜の姿に見入った。

にわかに頭の中が混乱した。玲琳は夢の中の光景を、自分が作り出したものだとずっと思っていた。この胡蝶も、記憶から作り出したただの幻だと……。しかしそこに、死んだ月夜までが加わった。もしかすると、自分は根本的に思い違いをしていたのではないか……？

「あなた方は……本当にお母様とおばあ様……なのですか？」

すると月夜は、小さく首を傾げた。

「……この蟲は……長年里長の血を飲み続けてきました……歴代の里長の血を……。私たちは……血の記憶です……」

「お母様は里長ではありませんが？」

「私も赤の蟷螂に幾度となく血を飲まれているからな。反抗したお仕置きはいつもそれだった。叩きのめされた後に血を吸われるのさ、たまったものじゃない」

胡蝶はにたりと不吉に笑った。玲琳はその笑みを見るといつもぞっとする。玲琳にとってこの世で一番怖いものが、この笑顔だった。怖くて、怖くて、怖いのに……あまりにも美しくて笑ってしまう。

「いい子だね、玲琳。ボロ屑《くず》になる覚悟はあるようだ。さあ……見ろ……ここは墓場だ。今まで赤の蟷螂を支配してきた、歴代里長がここにいる。力を望むなら、従えてみせなさい」

そこで玲琳の正気は途切れる。

それからどれだけの時間が経っただろうか。一日？　二日？　一年？　三年？　あるいは百年か……それともほんの一瞬か……

気づくと、枯れた花の中に横たわっている。ふと横を見ると、小さな腕が転がっているのが見えた。

逆を見ると、今度は足が……そして真下を見ると……ずたずたに切り裂かれた胴体が……

あれは何だろうと不思議に思い、少ししてそれがばらばらにされた自分の肉体だと気が付く。

きょろきょろと辺りを見回す自分が、首だけになっているのだとそこでようやく理解した。

「みっともない……」

思わず呟いてしまう。

その声をかき消すかのように、がさがさと周りをなにかが這いまわる音がした。

無数の蟲が、切断された玲琳の肉体を取り囲んでいる。

腕が、足が、胴が……ばりばりと齧《かじ》られ、千切られ、喰われてゆく。

まただ……これで何度目になるだろう？　こうして、叩き伏せられ、壊され、喰われるのは……。同じことを幾度も繰り返し、しかし一つも抗《あらが》うことができずにいる。

それも当然だ。彼女たちは玲琳が敬愛してやまない母と祖母と、その血を繋いできた里長たちなのだから。玲琳は彼女たちに抗えない。

「私は本当におばあ様を超える蠱師になったのかしら……」

首一つとなり果てて、思わず呟く。すると玲琳を喰らっていた蟲たちは、うぞうぞと蠢き、集まり、数多の女となった。

「……あなたが今蟲を制御できていないのは……異常なことをしているからです……あなたは今……体内にいる三体の蟲を同時に扱おうとしている……我々歴代の里長は……この蟲をそのように扱おうとしたことはありません……赤、青、黒、白……これらはいずれも普段は甕に封印されていたのです……必要な時にしか……我々は彼らを肉体に入れませんでした……特に赤の蟷螂は……気性が激しいですからね……」

つまり、他の蟲を全部体外に出して封印してしまえば、赤の蟷螂を支配できるようになり、蠱術が使えるようになる……ということか？

しかし、そもそも蟲を体外に出すことすら今の玲琳はできなくなっているのだ。炎玲が攫われたと思った時に一度だけ青の蝶が命令を聞いてくれたが、戻ってからはただの一度も反応しない。青の蝶も、玲琳の完全な支配下にあるとは言えないのだ。

つまり里長は、四体の蟲を同時に扱うことはできない。一体ずつ、個別に扱うことしかできない。

自分は何と……何と無力なのだろうか……！

突如、強烈な怒りが生じた。

「おばあ様、私はあなたが求めた究極の毒を知っています。断片ではありますが、あなたの研究の過程を垣間見《かいまみ》ました。あれを生み出すには、四体の蠱を同時に扱う必要があるのでしょう？　けれどあなたにはできなかった。あなただけではなく、他の誰にもできなかった。この世の理を覆すほどのこの術を、それでもあなたはどうしても、この世に顕現させたかったのですよね？　私も同じです。私もあなたが目指した究極の毒を見てみたい。蠱師の血と智がたどり着いたその果てを、見てみたいのです」

静かに見下ろしてくる月夜を、玲琳は首だけで見上げた。

「白の蛇のありかを私に。どうか、おばあ様」

「……三体の蠱すら扱えないあなたが、四体目を求めるのですか？」

「ええ、求めます。あなたが目指した蠱術が、私にも必要なのです。それを得るためなら、全てを捧《ささ》げても構わない！」

そう叫び、手を伸ばそうとする。すると、喰われたはずの腕が突如現れ月夜に向かって伸ばされた。その手が月夜の胸ぐらをつかみ、地面に引き倒す。

自分は何を思い違いしていたのだろう？

彼女たちを敬い、恐れ、ひれ伏し、それで何を得られるつもりだったのだろう？

玲琳は自分の愚かさにようやく気付いた。自分が何者であるのかようやく分かった。

「ひれ伏せ亡者ども……私は蠱毒の里の新たな里長、蠱師の頂点に立つ者よ。私に従い、私の求めるものを差し出しなさい！」

その瞬間、枯草に覆われていた世界が突如眩《まばゆ》い光に満ちた。

思わず目を閉じ、開くと、暗黒の世界に深紅の蟷螂が佇んでいた。

巨大な蟷螂が、恭しくその場にひれ伏す。

玲琳は小さな手を伸ばしてその鎌を撫でた。

足元に、漆黒の球が転がってくる。それは、赤の蟷螂が玲琳から奪った時だった。過去と、未来の時。

玲琳はその球に手を伸ばし、しかし触れる寸前で手を止める。

「……これは今少しあなたに預けるわ。私が必要だというその瞬間まで、どうか守っていてちょうだい」

するとと蟷螂はその球を鋭い牙で咥え、飲み込んだ。

玲琳が頷くと、蟷螂の後ろから黒々とした体を光らせる巨大な百足、そして青く輝く無数の蝶が現れた。

玲琳は眼前でひれ伏す彼らを順に眺め、うっすらと微笑んだ。

「あなたたちの願いを叶えよう。私はそれを成すことができる、初めての蠱師よ。さあ、最後の一体……白の蛇のありかを示しなさい」

命令を受けた蟲たちは、ギチギチと歯を鳴らし、羽を閃かせ、鎌を鳴らして、玲琳に飛び掛かってきた。次の瞬間、玲琳は彼らに呑まれた。

鍠牙はただ一人、馬を駆り続けていた。

呪いの捻じれが身の内を苛み、苦痛は絶え間なく押し寄せてくる。それは日に日に強さを増していて、自分が死に近づいているのだと感じる。

だが、そんなことは何の問題にもならない。炎玲が……呼んでいるのだ。手足が千切れても、心の臓が潰れても、あの子が呼んでいるなら駆けつける。その果てに、命を落としたとしても……

馬の前を炎玲の黒い蝶が優雅に飛んでいる。

その後を追い続け、鍠牙は数日かけてとある山のふもとにたどり着いた。

馬を下り、山の中へと足を踏み入れる。

半日かけて獣道を進んでゆくと、不意に蝶が速度を速めた。鍠牙は慌てて蝶を追って走り、岩を飛び越え草木をかき分け、ふと開けた空間に出た。

足元に、焚火の跡がある。

怪訝な顔でそれを見下ろしていると――

「お父様！」

愛らしい声に呼ばれてはっと顔を上げる。素早く辺りを見回すと、木陰に動くものが見えた。

　鍠牙はすぐさまそれに駆け寄り、叫んだ。

「炎玲!!」

　愛しい息子が木に縛られていたのである。

　鍠牙は急いで縄を斬り、炎玲を解放した。

「うあああああん！　お父様！」

　炎玲はぼろぼろ泣きながら抱きついてきた。

「いったい何があったんだ!?　お母様は!?」

　鍠牙は泣きじゃくる炎玲を強く抱きしめて問いただす。

「お父様！　お願い、助けてあげて！」

　炎玲は震えながら訴えた。その様子に鍠牙は胸が痛み、ここに息子を縛り付けた者たちの首を刎ね飛ばす想像をした。その想像は霧散することなく、鍠牙は一呼吸したあとにはもう、それを実現することを決めた。

「お母様にも何かあったんだな、一体どこにいるんだ？」

　なるべく怖がらせないよう確認すると、炎玲ははっと顔を上げて鍠牙の腕を摑んだ。

「僕、里に案内できるよ。こっちだよ！」

「蠱毒の里か？　お母様は里にいるんだな？」

これは予想もしていなかった事態だ。蟲毒の里で玲琳と共にいるのだろうと思っていた炎玲が、一人で山中に縛られている。とてもまともな事態とは思えない。蟲毒の里で、何かあったことは間違いない。しかし、それを幼い息子の口から聞き出すのはあまりにも惨《むご》いように思えた。

「お父様が来たからもう大丈夫だ。必ず助けてやるからな」

鍠牙は優しく笑いかけて嘘を吐く。自分がこの世の底辺にいる無力な愚者であることを、鍠牙は決して疑わない。そこから這い上がろうとも思わない。奈落の底でくすぶっていることが唯一の救いだと知っているから、ここから一歩も動かない。

それでも、この子の前では嘘を吐くのだ。頼もしい父親の振りをする。そういう嘘を、平気で吐ける。

息子が大切だから……ではないことを、鍠牙は自覚している。自分は子供というものを、本質的に好きではない。彼らを見ていると、怖くて怖くてたまらなくなるからだ。この柔い生き物にうっかり傷をつけてしまったら……遠い将来、彼らは自分と同じようなものになってしまうのではないか……と、想像してしまう。何者にもなりうる無限の可能性を秘めたこの小さな生き物が、自分と同じになることを鍠牙は何より恐れている。この世に存在する子供たちには、ただの一人も自分のようになってほしくはない。そうなるかもしれないと、想像するだけで吐き気がする。

だから優しくするのだ。真綿でくるむように守るのだ。奈落の底に落ちるのは、自分一人で十分だから……

だから今も、嘘を吐き続ける。それに心を痛めることすらなく、鍠牙は炎玲を背負って走り出した。

旅立つ前、何を企んでいるのかと彼女は聞いた。今聞かれたら答えは一つだ。

何が起きているのか知らないが、とりあえずこんな事態を引き起こした犯人を一人残らず血祭りにあげよう。

死にかけたこの命の全部を使って……必ずそうしてやる……

第五章　呪いを終わらせるただ一つの

夢の世界から戻ってくると、夜が明けていた。

玲琳がのそのそ体を起こすと、近くにあった書き物がバサバサと音を立てる。

自分の手を見下ろす。体は未だ子供のままだ。これでいい……このままでいい……まだ、知られない方がいい。

白の蛇は切り札だ。この事態を打破できる、蠱毒の里を守りうる、最後の砦《とりで》だ。自分がそれに手をかけたことは、知られない方がいい。裏切者は、どこに潜んでいるか分からないのだから。

玲琳がそう決意して部屋の戸を開けると、出入口の近くに螢花が座り込んで眠っていた。心労と疲労が重なっているのだろう、顔色は悪い。

「螢花、起きなさい」

声をかけると、少女はびくっと飛び起きた。

「は、はい！」

慌てて立ち上がる。

「長老に話があるわ、案内しなさい」

「え!?　だ、ダメです！　玲琳様を出してはいけないと……」

「控えなさい、螢花。私が行くと言っているのよ」

そう告げると、玲琳は家の戸を勢いよく開いた。数日振りの外へ足を踏み出す。

「待ってください！」

螢花が転がるように追いかけてきた。

「案内します、長老の家は向こうです！」

指さされた方を向き、玲琳は満足そうに微笑む。

「いい子ね、ついておいで」

そう言うと、螢花を従えて歩を進めた。

しかし、少し歩いたところで玲琳は異変に気が付いた。

辺りが異様なまでに静かだ。

「……静かですね」

螢花も同じ疑問を抱いたらしく、辺りを見回している。

玲琳も同じように周りを見て——愕然と息を呑んだ。

毒草園の中に、蠱師たちが倒れている。家の戸口にも、道端にも、あらゆるところに、蠱師たちがばたばたと倒れているのだ。

「何なの、これは……」

玲琳は近くに倒れていた蠱師に駆け寄る。

「お前たち！　何があったの!?」

抱き起こすと、蠱師は苦しそうに呻《うめ》いた。生きていることにほっとする。彼女は青黒い顔で、苦しそうにぜいぜいと呼吸しているのだった。

「まるで中蠱《ちゅうこ》したような症状だわ……」

玲琳が呟くが、愕然としていた蛍花が首を振った。

「そんな……蠱師には毒なんて効きません」

「ええ、確かにそうね」

その時不意に、ぐううう……と、玲琳の腹が鳴った。そういえば、昨夜から何も食べていなかった。それどころか水すら……

そこで玲琳はぎくりとした。

蠱師に効く毒は、この世に一つだけ存在する。

「……お前たち、みなで何か同じものを飲んだ？」

玲琳は苦しむ蠱師に問いかけるが、蠱師はぐったりしていて答えない。

「……みんな毎朝、長老の煎じた薬湯を飲んでますけど……」

思いついたように螢花が言った。

「ほら、その家の中に茶碗《ちゃわん》が……」

そう説明され、玲琳は家の中に置かれた茶碗に近づき手に取った。薄く残った薬湯のにおいを嗅ぐ。

「何か入ってますか？」

螢花が茶碗を取ろうとしたので、玲琳は慌ててその腕を摑んだ。

「触ってはダメ！　毒よ！」

「え？　だから毒なんて蠱師には……」

「いいえ、蠱師に効く唯一の毒。お前たちも知っているはずよ。幼い頃から毒を飲まされ毒の耐性を得た、森羅や乾坤のそれと同じもの……骸の血だわ！」

以前玲琳は、葉歌の血が入った茶を飲まされたことがある。それと、同じにおいがする。

ぎりぎりと歯嚙みしていると、道の向こうからふらりと人影が現れた。

顔を上げると、そこに立っているのは長老の黄梅だった。

この薬湯を煎じたという彼女がそこにいた。

「……黄梅、この薬湯に毒を入れたのは……」

玲琳が警戒を込めて問いかける途中で、黄梅はどしゃっと崩れるように倒れた。

「黄梅!?」

玲琳は驚いて彼女に駆け寄った。

黄梅は地に伏し、中蠱した仲間たちと同じようにあえいでいる。

「……玲琳様……今すぐお逃げください……」

黄梅は倒れたまま玲琳の腕を握った。

「……薬湯を淹《い》れるための水瓶《みずがめ》に毒が……これは……このにおいは……毒の効かぬ剣士の血です……過剰に飲めば体内の蠱が蠱師を天敵と間違えて攻撃してしまう……こんな恐ろしい毒に気づかず、みなに飲ませてしまった……私の失態です……」

「しっかりしなさい、解蠱薬《かいこやく》は？　この毒を消すことはできないの？」

玲琳自身、一度この毒を打ち破っている。確かあの時は……

「それを用意する時間はもうないでしょう……私たちは逃げられません……あなただけでもどうか……」

「黄梅、私はお前たちの里長よ。民を捨てて逃げることはしない」

「……私たちはあなたを骸に差し出そうとしました」

「それが嘘だということは分かっているわ。お前たちは私を守るために閉じ込めた。それは初めから分かっている」

人形めいた態度と、それに相反する乙女の姿。そのどちらが彼女たちの本質か……

「お前たちの演技はさほど上手いとは言えないわね。里長就任の儀式のために冷たく振る舞っていたのかもしれないけれど、お前たちの本性など、私はもうずっと前から知っている。お前たちはただの——蟲馬鹿よ。人形などにはなれないわ」

蟲比べの夜を思い出す。あの夜見た彼らが、きっといつもの彼らだった。蟲に熱狂し、蠱術に情熱を注ぐ愚か者の群れ。それらを死なせたくない。

しかし黄梅はゆるく首を振る。

「いいえ……もう間に合わない……骸は本気で私たちを滅ぼそうとしているのでしょう……あの男には昔……斎に里があったころ……会ったことがあります……当時は飛国の蠱師一族と交流があって……その時に……彼は強い剣士でした……せめてあなただけでも逃げてください……蠱毒の民は……里長であるあなたを……月夜お姉様の血を引くあなたを……お守りしたいのです……さあ、逃げて……！」

そんなことは……できない。身動きできぬ今襲われたら、蠱師たちは逃げることもできぬまま、端から首を斬られてゆくことだろう。

「……骸の血を吐かせるわ。そうすれば動けるようになるはずよ」

毒を吐かせる蠱術ならばある。しかしそれが骸の血に効くだろうか？　何より今の玲琳は、まだ蠱術を使えない。

「だから黄梅、私は白の蛇をもらうわ！　いいわね？」

玲琳はギラギラと光る眼で黄梅を見下ろした。黄梅は何か言いかけ……そこでがくんと意識を失った。

玲琳は数拍彼女を見つめ――すっくと立ちあがった。

「白の蛇を受け取るわ」

淡々と告げる玲琳に、成り行きを見守っていた螢花は当惑の表情を浮かべる。

「封じられた場所が分かったんですか？」

「ええ、分かっているわ」

そう言って、玲琳は螢花に正対した。そしてゆっくりと手を差し出す。

「さあ……渡しなさい、白の蛇を」

「……どういう意味ですか？」

「何も難しいことは言っていないわ。白の蛇をおばあ様から託されたのはお前ね？　毒の効かぬ剣士に対抗できる唯一の蠱を宿している。だからお前は私の見張り役を任された。私を骸から守るために。でももう、お前がその役を担う必要はないわ。私がお前の代わりに白の蛇でこの里を守る。さあ、白の蛇を渡しなさい」

幼子の見た目にそぐわぬ威圧的な命に、螢花はたじろぎ、淡くため息を吐いた。

「ばれてたんですね……じゃあ、もういいです」

呟き、目にも留まらぬ速さで玲琳との距離を詰めた。次の瞬間には、激しい衝撃があって玲琳は息が止まった。腹を殴られたのだと気づくのに一呼吸要し、それに気づいた時には意識が霞《かす》んでいた。

ずるずると倒れこむ幼い玲琳を見下ろし、蛍花は囁いた。

「お前にこの蠱は渡さない」


酷い吐き気と共に目を開けると、土の上に横たわっていた。

玲琳は、目の前に広がる光景を瞬間理解できず、しばし放心した。

辺りは夕暮れの茜色《あかねいろ》に染まっている。その夕日に照らされて、百人近い女たちが田畑に横たえられていた。全員苦しげに呼吸し、生きてはいるが動けずにいる。毒の血を飲まされた蠱師の群れだ。そして、黙々と蠱師たちを引きずっているのは一人の男だった。

「骸……！」

玲琳は苦々しげにその名を呼んだ。

呼ばれた骸は無感情に振り向き、軽く汗をぬぐった。

「百匹も運ぶとさすがに疲れる」

玲琳は慎重に体を起こした。別段縛られているというわけでもない。ただ、土の上に寝かされていただけのようだ。ある意味、最も粗雑に扱われたともいえる。

「勝手に人の庭に入り込むとは無礼な男ね」

玲琳は居丈高に言ってみせた。少しでも相手の心を揺さぶるように。しかし骸は、気を悪くすることもなく作業を続けている。

「さてと……これで全部か？　集め終わったらお前を殺すとするか」

彼が淡々と言うと、

「ダメよ！　その女は最後だって何度言ったら分かるの！」

刺々《とげとげ》しい少女の声が割り込んだ。

「その女が最後だって約束で手を組んだはずよ」

螢花は骸と同じく倒れた人を運んでいる。その姿を見て玲琳は歯嚙みした。螢花が運んでいるのは守り手の男たちだった。

毒が効かぬ男たちが、苦しそうにあえぎながら引きずられている。

「白の蛇は毒の効かない剣士たちに対抗できる唯一の猛毒ですよ」

螢花は玲琳の視線の意味を察したように言った。

「これで全部……殺すべきは全部集めました」

少女の顔は満足そうに輝く。

「じゃあ、始めましょうか？」

「……螢花、お前が裏切者だったの？」

玲琳は信じられないというように問いかける。裏切者は、彼女と親しかった少年ではないのか？

「はい、裏切者は私です」

「……何のために？　何のために里を裏切ったというの」

「あなたを苦しめるためです、玲琳様」

螢花は淡く微笑んだ。その笑みにぞくりとする。

「何故、私を？」

「あなたが嫌いなんです。この世で一番嫌いなんです。だから、あなたを苦しめて苦しめて苦しめつくして殺したいんです。だって……そうじゃないと不公平でしょ？」

不公平……その言葉の意味が玲琳には分からなかった。この少女は、玲琳の持っている何をそんなにも羨んでいるというのか……

「分からないですか？　あなたは恵まれてるから……何でも持ってるから……だから分からないんでしょうね。どうか苦しんで苦しんで苦しんで死んでください。そうすれば、私の痛みの百分の一くらいは伝わるでしょうから」

そう言われ、玲琳はふと疑問を抱いた。

「誰に？　お前は誰に、それを伝えたいの？」

少なくとも玲琳にではあるまい。殺した相手に伝わるものなどこの世には何もない。ならば、誰に？　自分の痛みを誰に伝えようとしている？

問われた螢花は苛立ったように眦を吊り上げた。

「死ぬ人は考える必要ないですよ。あなたはただ、苦しんでくれればいいんです」

そう言うと、螢花は骸に振り向いた。

「じゃあ、始めようか？」

穏やかな声で言い、袖口から短剣を取り出す。

「もういいのか？」

骸が聞いた。

「いいよ、早く終わらせよう」

「ああ、そうだな。もう終わらせよう」

酷く疲れたように二人はそう言って、倒れた蠱師たちに向き直った。

まずい……二人は本当にやる気だ。言葉など何の役にも立たない。誰が止めようとやるだろう。その覚悟を感じる。それを止める術があるとしたら……

玲琳がごくりと唾を呑みこみ、覚悟を決めて立ち上がろうとしたその時だった。

骸が目にも留まらぬ速さで剣を抜いた。それと同時に、鋭い斬撃が襲いかかる。火花を散らして鍔《つば》迫《ぜ》り合《あ》いをしながら、その人物は骸に牙を剝いた。

「御機嫌如何《いかが》？　下種《げす》野郎。これはどういう状況なんです？　説明してもらえます？

また斬られに来たんですか？」

激昂《げきこう》する葉歌を弾《はじ》き飛ばし、骸は距離をとって二刀を構えた。

「またお前か……いちいち邪魔してくれる……」

「邪魔？　邪魔ってあなた、自分からのこのこ現れてこんなふざけたことまでして、よく言いますね。頭おかしいんじゃないですか？」

両者は猛禽類《もうきんるい》のごとき鋭い目で睨みあう。そこに、すたすたと軽い足取りでもう一人の人間が現れた。

「落ち着け、葉歌。そいつの相手は俺がしよう。お前はあっちの少女を頼む。俺は子供に優しい男なんでな」

ちょいちょいと指で示しているのは鍠牙だった。玲琳はいるはずのない男の登場に仰天し、しかし数拍で状況を理解した。この男がこの程度のことをしたからといって、いちいち狼狽していたら身が持たない。彼がどれほどの馬鹿か誰より知っているのは、玲琳なのだから。

「王様、ほんとに大丈夫なんですか？」

「俺を誰だと思ってるんだ？」

鍠牙は悠々と剣を抜いて笑った。額に脂汗をかいている。彼は、今も苦痛に苛まれているはずなのだ。今すぐ倒れてもおかしくない。それでも笑ってみせている。

「……なら、お任せしますよ。百数える間もたせてくれれば、助太刀できます」

葉歌は渋々応じると、この場で最も険しい顔をしていた少女に剣を向けた。

「螢花、あなたが裏切者だったんですね」

「だったらどうなの？　葉姉様」

螢花は妙に虚無的な表情で、短剣をくるくると回した。

「……玲琳様、ご命令を。この裏切者をどうするか、あなたのご決断に従います。私はあなたの剣ですから」

葉歌は玲琳に背を向けたまま言った。途端、螢花の表情が変わった。どす黒い憎悪が全身からにじみ出てくるかのようだ。

「秀兄様を斬ったのは私。私がこの手でやったの。ねえ……私を殺してみなよ、姉様。そうしないと今度は、あの女を殺すから」

短剣の切っ先を玲琳に向ける。

玲琳は少なからず驚いていた。螢花が自分に向ける殺意に――ではない。彼女が軽々と短剣を扱い、森羅に剣を向けられてなお怯えていないことに――だ。玲琳を一撃で昏倒《こんとう》させたあの手腕……この少女は……蠱師と思えぬほどの武力を持っている。

いったいこれは、どういうことなのだろう？

驚く玲琳の前で、葉歌は深々とため息を吐いた。

「妹と戦いたくなんかありません。里の大事な仲間に、剣を向けたくなんかないんですよ。本当に……こんなの嫌がらせとしか思えない。私はあなたを、死なせたくない……。でも、まあ……あなたが玲琳様を狙うというなら仕方ないですよね。私がいくら殺したくなくても、殺すしかないですよね。私の心は私の行動を制限しませんから。私はただ……森羅として里長を守るだけです」

はっきりと告げられ、螢花は引きつった笑みを浮かべた。

「うん、知ってる。姉様がそういう人だって知ってる。だから……そうだね、戦って決めよう」

少女は短剣を握り替え、葉歌に向かって跳躍した。


一方、鍠牙の方は——といえば、勝敗は誰の目にも明らかだった。

骸の二刀は鍠牙をじわじわと切り裂いてゆく。まるで猫が鼠《ねずみ》をいたぶるかのように。どう考えても鍠牙に勝ち目はなかった。それでも息子を泣かせたこの男に、一撃を喰らわせてやりたいという思いが鍠牙の体を動かしていた。

腕が、肩が、足が……斬られてゆく。鮮血が散る。遠からず自分は斬られるだろう。

それでも……この命が残っている限り、この手足が動く限り、力の最後の一滴まで振り絞ってでも……この男に一撃を……！

「お前……あの女のために死ぬつもりか？　あんな女のために？」

骸は淡々と聞いてきた。

「お前には分からなくていいことだ。俺だけが分かっていればいい。彼女はこの世の全ての人間に嫌われていればいいんだ！」

言いながら、鍠牙はくっくと笑った。骸は苦い顔で剣を振るった。

「楊鍠牙……よく見ろ、あれは蠱師だ。お前を不幸にしたのと同じ生き物だ」

「お前ごときが彼女を語るな！　蠱師じゃない俺を殺したくないとでも思ってるのか!?　舐めるなよ！　お前と刺し違えてでも俺はお前を殺してやるぞ！」

鍠牙は怒鳴り声を上げながら骸に斬りかかった。

骸はその迫力に気圧《けお》され、真剣な顔で身構え——そこで突然凍り付いた。陰から出てきた男が、骸を背中から刺していた。血に染まった切っ先が腹を突き破って覗く。

荒い息をしながら剣を握っているのは雷真だった。ズタボロの格好で、ひげは伸び、酷くやつれている。

「雷真！　お前……生きていたの!?」

息をつめて成り行きを見守っていた玲琳が、驚愕の声を上げた。

骸は剣が引き抜かれた跡に手を触れ、そこから吹き出す鮮血を押さえた。

「お前……」

骸は苦々しげに鍠牙を睨んだ。鍠牙はふーっと息を吐き、にやっと笑った。

「舐めるなと言っただろ？　お前は俺を何も知らない。俺がどれほど弱い生き物か、少しも知らないんだろう？　俺がお前に、勝てるとでも思うのか？　馬鹿にするな。勝てるわけがない。俺は勝てもしない勝負に命を突っ込むほど阿呆《あほう》じゃないんだ。無謀なことに命を張って、自分にはできると豪語する……そういう情熱的な女とは違うんでな」

この上なくいやらしく、相手を侮辱するような笑みを向ける。

玲琳がこの里へ旅立つ前のことを思い返す。

何を企んでいるのかと彼女は聞いた。

何も企んでいないと鍠牙は答えた。

そして鍠牙は――本当に何も企んでいなかった。

ただ、蠱毒の里は安全な場所だろうと思ったに過ぎない。だから行かせた。

自分はあまりにも弱いから、強い蠱師たちに妻と息子を守ってもらおうと思っただけのことだ。

それなのに……玲琳も雷真も風刃も、鍠牙が何か企んでいるとずっと疑っていた。

この馬鹿馬鹿しい状況は何なのだと、鍠牙は笑ってしまったくらいだ。本当に、日頃の行いというのは大切だ。

　確かに若返っていた時、この世の人間を全て殺してしまおうなどと考えはしたが、そんなものは未熟な若造の幼稚な発想であって、いい年をした大人が考えることではない。この世の全ては、可愛い子供たちに与えるべき大切な玩具なのだから。

　その時手を組んでいたはずの男を冷ややかに見やる。

「俺にできるのはせいぜい派手な囮《おとり》くらいのものだ。なかなかよくできた囮だっただろう？　綺麗に引っかかってくれてありがとう」

　嘲笑《あざわら》う鍠牙の前で、骸は膝をついた。

　雷真が何とも言えない顔でこちらを見るので、爽やかに笑い返してやる。

「鍠牙、お前……どうやってここまで来たというのよ」

　玲琳が非難するような案じるような様子で近づいてきた。

　鍠牙は彼女の頬を指の背で軽く撫で、里の外を示す。

「炎玲に呼ばれた」

「炎玲に!?　あの子は無事なの？」

「ああ、無事だよ」

　すると玲琳は目に見えてほっとした。

「ちゃんと隠れさせているから安心してくれ。俺と雷真は姫を助けるためにここへ侵入したんだが……どうもきな臭いことが起きている様子でな。あちこち探っていたら葉歌が閉じ込められてるのを見つけたんだ」

ちなみに雷真とは、ここに来る途中で鉢合わせた。彼はぼろぼろになりながら長いこと炎玲を捜していたらしく、鍠牙が炎玲を背負っているのを見て泣きそうになっていた。

「何が起きているのか知らんが、どうせくだらん喧嘩だろう？　さっさと終わってくれ。俺は大事な妻と息子を連れて、早々にここから立ち去りたいんでな」

「あいつ、やられちゃったんだ……」

倒れた骸を横目で見ながら、蟼花は葉歌に斬りかかる。

「あんな弱そうな男たちにやられるなんて信じられない。骸は強かったのに」

「王様もそこそこお強いですよ。そこらの兵士では束になっても敵わないくらいにはね。雷真さんはもっと強いです。次期女王の護衛を任されるくらいなんですから。馬鹿にされるほど二人は弱くありませんよ」

蟼花の短剣を剣で受け止め、葉歌は平静に答える。蟼花はくっと笑った。

「だけどあなたよりは弱い。そうでしょ？　姉様」

「……まあ、そうですけどね」

「骸は姉様と同じくらい強い男だと思ってたのにな……」

「強さなんて流動的なものですからね。王様の小狡《こずる》い策略が上手くはまったということですよ」

葉歌は螢花の短剣を手荒く弾き飛ばす。

「でもまあ……たいがいは実力通りに事が運ぶものです」

そう呟き、無手になった螢花を捕まえ背後から首に腕を回した。そのまま一気にへし折ってしまいそうな体勢を見て、玲琳は走り出した。

「葉歌！」

名を呼ばれて振り向いた葉歌は、玲琳の顔を見てすぐに意図を察したらしかった。

「私たちの新たな里長にひれ伏しなさい」

葉歌は螢花を絞め上げながら地面に叩き落とし、目を回す彼女を手荒く地面に押さえつけた。

「いい子ね、葉歌」

玲琳は二人の傍らに立って見下ろす。

「放せ！」

螢花は苦しそうに叫んだ。

「あなたを迎えにきたわ、白の蛇よ……私があなたの宿主……新たな棲家《すみか》よ。この血に従いおいでなさい」

そう語り掛けると、玲琳は舌を嚙み、螢花の口を自分の唇で塞いだ。繋がった一点から、その内側にあるモノを捕まえる。

ビキビキと嫌な音を立てて、螢花の口から異物が出てきた。玲琳はそれを咥えて引っ張り出す。

陽光のもとに現れたのは、一軒の家ほどもある巨大な白い蛇だった。蛇はがばっと口を開け、音にならない声で吠《ほ》えた。

酷く興奮している。爛々《らんらん》と光る眼に、ちろちろ動く赤い舌。獲物を求めているのだと分かる。貪食の権化――

「待たせてごめんなさい。血肉が欲しいの？　獲物ならば、ここにいるわ」

玲琳はそう言って螢花を指した。腹の底から冷たい感情が湧きあがる。

「裏切者は許さないと、私は言ったわ。お前には命を賭す覚悟があったはずよ」

蠱師を滅ぼさんとする敵と手を組み、里の民を襲い、炎玲を危険に晒した。里長としての玲琳には、この少女を許す理由がなかった。

「誇りなさい。お前は最初の獲物よ。この子の腹を満たしておあげ」

白い蛇が大きな口を開け、倒れた螢花を一呑みにしようとする。

その寸前、葉歌が螢花の体に覆いかぶさった。それは反射的な行動のようで、彼女は自分の行動に驚いたように固まった。

毒の効かぬ森羅の妨害に、しかし白の蛇は止まらない。天敵への恐怖を無視するほどの強烈な飢餓。

その牙が二人に届く寸前で、白の蛇は真上から剣を突き刺された。包帯でぐるぐる巻きになった乾坤が、蛇の口を縫い留めるように剣を握っている。しかし酷い傷を負っている乾坤は、その一瞬の行動で力尽き、剣を離して崩れ落ちた。白の蛇は忌々しげに首を振り、突き刺さる剣を払い落とし、怒りに燃える双眸で目の前の三人を見下ろした。

玲琳は、その様をじっと観察していた。自分たちは今、必要な儀式をしている。これこそが、今の自分たちに最も必要な儀式なのだと、酷く冷たい思考が囁いていた。

さあ、言え……言え……言え……何がお前を動かしたのか、その身の内にいかなる毒を秘めているのか……お前が何者なのか……言え……！

折り重なる葉歌と螢花を凍てつく瞳で見据える。しかし彼らは身動き一つしなかった。白の蛇は再び大きな口を開き――

その時、玲琳のすぐそばをよく見知った小さな生き物が駆けていった。

「え？　ちょっと……待ちなさい！」

玲琳は驚いて引き止めようとしたが、その生き物は止まらなかった。

「だめー！」

と、叫んで蛇に飛び掛かったのは、炎玲だった。蛇の大きな胴体にしがみつく。蛇はぎょろりと炎玲に牙を向け、しかしその瞳に見つめられて動きを止めた。

困惑したようにじっとしている。

「食べちゃダメだよ！　我慢してね」

炎玲はそう言い聞かせると、蛇から離れて伏せている葉歌に近づいた。そして、その下に庇われている螢花の顔を覗き込む。

「ねえ、きみ、生きてるね？」

「……お前……炎玲……何で来たんだよ」

「きみたちを助けにきたんだよ。助けるって、何度も言ったでしょう？」

葉歌が驚いたように体を起こすと、炎玲は倒れていた螢花を引っ張り起こした。

「……助けてくれなんて言ってない」

「言ってたよ。ずっと助けてって言ってたよ」

話し始めた二人に、周りの大人たちは困惑の表情を浮かべる。まるで、知己であるかのような態度は、とても初対面に見えなかった。

「マムシ……くん……だよね？　きみのほんとうの名前はなんていうの？」

「……螢花」

「きれいな名前だね」

炎玲はにこっと笑った。

大人たちは二人の話についていけない。

「……驚かないの？　嘘ついてたのに。私はマムシなんて名前じゃないし、男でもない。剣士でもない」

するとと炎玲は首を傾げた。

「分かってるよ。だって、マムシっていうのは嘘の名前なんだろうなって思ってたもの。蟲毒の民にマムシなんて名前を付けたら、人の名前か蟲の蝮《まむし》なのか、区別がつかなくて不便でしょう？」

「……チッ……やっぱムカつくガキだな」

「それに、女の子だっていうのも分かってたし……」

「何でだよ」

「え？　だってほら……ぎゅってした時に分かるから……」

炎玲は空気を抱きしめるような仕草をした。

螢花はたちまち顔を紅潮させて激怒する。

「この助平ガキ！！」

「えっ！　えーと……ごめんね？」

つぶらな瞳で謝られ、螢花はわなわなと震えている。

大人たちは完全に置き去りで、少年と少女は言葉を交わしていた。

「……炎玲、お前はこの裏切者を知っているの？」

玲琳は息子の傍に歩み寄ると、そう問いただした。炎玲は一つ大きく頷いた。

「はい、お母様。山のなかで、僕はこの子と骸といっしょにいました」

炎玲は真っすぐに玲琳を見つめる。未だ少女の姿をしている玲琳と、炎玲の目の高さはそう変わらない。炎玲は、驚くほど真摯に玲琳を見つめていた。こういう時、この息子がどれほど頑固か玲琳はよく知っていた。

「あのね、お母様。この子はお母様が大嫌いで、憎くって、だから苦しめたいんだって。お母様はこの子に、何かしたの？」

「……心当たりはないわ。ここへ来て初めて会ったのだし」

「そっか……じゃあ、きみはどうしてお母様が嫌いなの？」

炎玲は螢花の目の前にしゃがみこんだ。

「長生きできるから？　でも、月夜おばあ様だって長生きしてたよ？　外に出られるから？　きみもしょっちゅう里から出てたんでしょう？　お母様の何が嫌いなの？」

けれど螢花は答えない。口を真一文字に引き結んでいる。

「……もしかして、ただの八つ当たり？　相手は誰でもよかったの？　骸の言ってた通り、ただ不幸をまき散らしたかっただけ？」

無邪気に問いかける様は、あまり炎玲らしくなかった。挑発めいたその問いに、螢花はまんまと目を怒らせた。

「違う！　私は！　私は……だって……あの女は……………私から姉様を盗《と》った」

掠《かす》れて消えるような声で螢花は言った。

玲琳は啞然としてただ立ち尽くし、炎玲は不思議そうに首を傾けた。

蹲る葉歌は俯いたまま顔を上げようとしなかった。

そんな姉を睨みつけ、螢花はぼろぼろと泣き出した。

◇　◇　◇

螢花を育ててくれたのは秀兄様で、葉姉様はずっと前に死んだと聞かされていた。

兄様は優しくて、強くて、自慢の兄様だ。

兄様の血筋は蠱師の力が薄くて、強い蠱師は生まれにくいと聞いていた。けれど、螢花は里の同じ年のどの女の子よりも、強い蠱師は術を使うことができたので、里の大人たちはいつも螢花を褒めてくれた。

いずれ里長になるかもしれないと、言ってくれた人もいた。

蠱師は体が弱いから、本当は体術や剣術なんて絶対に向いていないのだけれど、螢花は不思議なくらい体が軽くて、兄様が教えてくれた護身術は全部簡単にできるようになってしまった。里のほとんどの男より、螢花はうんと強かった。

姉様の跡を継いで森羅になれそうだと言われたこともある。

その姉様が生きていると分かったのは、螢花が四歳の時。

兄様から毎日話に聞いていた、強い強い姉様に、螢花はずっと会ってみたかった。

いつ会いに来てくれるんだろう？　今日？　明日？　いくら待っても、姉様は会いに来てくれなかった。

里を別の国に移すと決まったのは、螢花が五歳の時。

魁には姉様がいる。近くにいるなら、今度こそ会いに来てくれる。

いつ会いに来てくれるんだろう？　今日？　明日？　だけど……やっぱり姉様は会いに来てくれなかった。

姉様は、李玲琳という蠱師に仕えているのだと聞いた。きっと、李玲琳にこき使われて、帰ってくることができないのだろう。

李玲琳に子供が生まれたと聞いたすぐあと、螢花は自分が長く生きられないと知った。強すぎる力の代償は、あまりにも大きかった。

だから螢花は自分から会いに行こうと思ったのだ。六歳の時だった。

けれど初めて一人で里の外に出てみると、変な男に攫われかけて……危うくその男を殺しそうになってしまったから、だから螢花は男の子の格好をして、しゃべり方も里の男たちを真似ることにした。

いつもと違う格好をして、好きな場所に行く。なんだか自分が別の人間になったみたいで、自由でわくわくした。

そうして初めて訪れた都は、広くて人がたくさんいて目が回りそうだった。

初めて見る王宮も、あんまり大きくてびっくりした。

どきどきしながら後宮を覗くと、そこに姉様はいた。

葉歌と呼ばれている女官が姉様だと、秀兄様から聞いていた。

私に気付いて、驚いて、会いたかったと泣いてくれるかな……

会いに来てくれて嬉しいと、笑って抱きしめてくれるかな……

あなたが死ぬのは辛いと、悲しがってくれるかな……

そう思いながら、螢花は姉様を見つめた。

初めて見る姉様は、とても楽しそうにしていた。

李玲琳のそばにずっと侍《はべ》って、いつも一緒にいて、文句を言ったり、怒ったり、笑ったり……本当に楽しそうだった。

生まれた赤ん坊を見るたび、でれでれと嬉しそうにしている。

時々顔を合わせる顔の綺麗な男の人たちに、きゃっきゃとはしゃいでいる。

そして……不審な者が現れると、容赦なく始末してゆく。そうして、李玲琳をずっと守っている。

けれど、いくら近くで見つめても、螢花が不審者として姉様に始末されることはなかった。姉様が螢花に気付かなかったから……じゃない。姉様はずっと気付いていた。螢花が見ていると分かっていた。全部分かっていて、姉様は螢花を無視していた。一度もこっちを見てくれることはなかった。

……なんで？

なんで私には会いに来てくれないのに、見てもくれないのに、李玲琳をそんなに大事にするの？

そうか……姉様は私を愛してないから……だからずっと、里に帰ってこなかった。

兄様は、それを知ってて黙ってた。姉様は螢花をいつも心配してるなんて嘘を吐いた。

螢花をずっと、騙《だま》してた。

大人になれずに死んでしまう螢花は、きっと里にも必要ない。今まで褒めてくれた人たちも、その内離れていくだろう。

螢花はこの世の誰にも愛されていなかった。

そのことを、螢花はこの日初めて知った。

それから螢花は、幾度となく王宮を訪れた。

近くに潜み、姿を覗き、話を聞き、時には下働きの下女として紛れ込みもした。

そうして六年間、螢花は姉様と、その周りにいる人たちを見続けてきた。

李玲琳がどれほど傍若無人な女か、楊鍠牙がどれほど危うい人間か、彼の母である夕蓮がどれほど恐ろしい化け物か、そして双子が、どれほど愛されて育ってきたか、螢花は全部知っている。

けれどそのあいだ、姉様が螢花に話しかけてくることは、ただの一度もなかった。

だから螢花は決めたのだ。

姉様がそれで少しでも私を見てくれるなら……全部壊してしまえ。

姉様の大事なものを壊して壊して壊し尽くせば、きっと姉様は螢花を見てくれる。

憎しみに満ちた目で見てくれる。

黒い血を初めて吐いたその日の夕暮れ、血色の夕日を見ながらそう決めたのだ。

この血を吐いたらあと一年も生きられない。だから望むことをしよう。

同じように蠱師を憎んでいる男と手を組んで、赤の蟷螂を盗んで、楊鍠牙を呪って、李玲琳を呪って、里を襲撃する計画を立てて……

最初に兄様を斬った時、震えが止まらなかった。

兄様はすぐ螢花に斬られたと気が付いて、螢花を家に押し込んで、戸を閉ざしてしまった。「絶対出るな、誰にも何も言うな」そう言って倒れた。どうして螢花がそんなことをしたか、何も分かってなかっただろうに……それでも兄様は螢花を庇おうとしたのだ。なんて馬鹿な兄様……

だから螢花の道連れにされてしまったのだ。一人で死ぬのは怖かったから、兄様なら一緒に行ってくれると思ったから……だから最初の獲物に選んだ。

だけど殺せなかったのは、螢花の心が弱かったせいだ。兄様を斬った後、家の中で怖くて震えて動けなくなって、とどめが刺せなくなってしまった。今まで、人を斬ったことなんかなかったから……

だけど、そこで立ち止まることはできなかった。

螢花の心は、何も許したくないと言っている。

だから進んだ。姉様が一番大事にしている李玲琳を苦しめて苦しめて苦しめて……

そうして滅びゆく里を姉様に見せるのが、螢花の唯一やりたいことだった。

裏切者がいるとすぐに気が付かれたのは怖くて仕方なかったけれど……いつ自分が裏切者だとバレるかと怯えていたけれど……李玲琳は里長の家で蠱術に没頭している間、ろくに周りを見ていなかったから、螢花がマムシとして山奥に出かけていくのは簡単だった。

山中にいる炎玲を、どう利用してやろうかと何度も何度も考えた。だけど……使い道は結局思いつかなかった。別に、放っておいても困らないし……このままでいいかと思ってしまった。殺してみせれば李玲琳を苦しめられるだろうなと思ったのに、どうしてだかそれができなかった。

優しさなんかじゃない。ただ、邪魔だっただけだ。だから置いてきたのだ。

そうして今日、螢花は骸と共に白の蛇を使って里を襲撃した。

これは毒の効かぬ剣士にも対抗できる貪食の蠱。里の守り手たる男たちを襲い、血を啜り、動きを封じた。

この白の蛇は、先代里長月夜様の手で螢花に与えられたものだ。

けれど、月夜様はどうして螢花を選んだのだろう？

死ぬ少し前、月夜様は螢花に白の蛇を授けた。李玲琳が里長になる時渡すようにと言い残して。

このまま死んでいく螢花を可哀想だと思ったのだろうか？　最後に大切な役目を果たさせてあげようと思ったのだろうか？

大きなお世話だ！　ざまあみやがれ！　お前の与えたこの蠱を使って、私は里を滅ぼしてやる！　地獄で泣いて後悔しろ！

胸の中でそう叫びながら、螢花はようやくここまでたどり着いた。やっとここまでたどり着いたのに……あと一歩だったのに……

◇　◇　◇

周囲の視線を一身に受け、螢花は身を縮めて頭を伏せた。

「死んだと思ってた姉様が生きてるって分かって……すぐ会いに来てくれると思ってたのに……姉様は帰って来なかった……姉様は、私より、兄様より、あの女が大事だったんだ！　私は姉様に捨てられた！」

そこで苦しげにせき込み、口の端から黒い血が零れる。

「……私がもうすぐ死ぬって知らせても……会いに来なかった……だから里を壊してやろうと思ったのよ。姉様がこの世の何より大事にしてる李玲琳の継ぐべき里を壊して……李玲琳を苦しめて苦しめて殺してやるって……でも、やっぱり姉様は私を見てくれないね。何で……姉様……そんなに私のこと嫌いなの……？」

唇から黒い血を垂らし、瞳から透明な雫《しずく》を零して、螢花は消え入るように訴えた。

蹲って怪我《けが》を押さえていた乾坤が、それを聞いて顔を上げた。螢花に這い寄り、その手を摑む。

「螢花……違う……葉が悪いんじゃない……俺が弱かったから……」

「うるさい！　そんなの聞きたくない！」

螢花は手を振り払って耳を塞いだ。

玲琳はあまりのことにしばし反応できずにいたが、腹立たしげにがしがしと頭を掻《か》いた。

「葉歌！　お前！　何故私に言わなかったの！　里帰りしたいと一言いえば、いくらでも帰らせたというのに!!」

思わず怒鳴る。すると放心していた葉歌は、気まずそうに目を逸らした。

「いや、そんなこと言われましても……今更どの面下げて会えたものかという話ですし……ねえ？」

「何て愚かなの……」

玲琳は頭を抱えた。

「私がそういう人間だってこと、玲琳様が一番知ってるでしょ」

葉歌は不貞腐れたように言う。

「私はそういう人間なので、里長の命令なら大事な人も殺すし、その結果誰を傷つけようが顧みることはないですし」

「でもお前は螢花を庇ったわ」

「いや、それは……何ででしょうね？」

心底不可解そうに聞き返されて、玲琳は呆れかえった。この極端な二面性を持つ異質な剣士は、本気で自分の行動を理解できていないに違いない。そしてそういう彼女を心底愛しく思ってしまう自分は、なんという酷い人間なのだろうか……

言葉を失ってしまった玲琳を見て、炎玲が不意に動いた。

彼は螢花の手を摑み、引っ張って無理やり立たせる。

「何するんだよ、炎玲……」

螢花は血と涙に濡《ぬ》れた顔を拭い、文句を言う。しかし炎玲はそれに答えず、玲琳の前に螢花を引っ張っていった。

「お母様、里長のお母様はこの子に罰を与えるの？」

「……ええ、裏切者は処罰しなければならないわ。それはお前が口を挟む……」

「じゃあね、僕……この子をお嫁さんにするよ」

炎玲は玲琳の言葉を遮ってそう言った。その宣言にその場の全員がぽかんとする。

「……炎玲？　何を言っているの？」

玲琳は険しい顔で問いただした。

「お母様は蠱毒の里の新しい里長で、悪いことをした蠱師に罰を与える権利があるのかもしれないけど、魁国の王子のお嫁さんを傷つける権利はないでしょう？　だからね、僕はこの子をお嫁さんにするよ」

「……里長の私にその権利がなくとも、王妃の私には息子の嫁を罰する権利があるわよ？」

「でも、王妃のお母様は僕のお嫁さんの味方をしてくれると思うな」

甘えるように言われて、玲琳は絶句した。

するとそこで、螢花がいきなり炎玲の頭をはたいた。

「いたっ！　やめてよ」

「炎玲、お前……馬鹿じゃないの？」

螢花は真っ赤な顔でわなわなと震えている。炎玲は涙目で自分の頭をさすった。

「僕は馬鹿じゃないと思うよ？」

「じゃあ同情かよ！　死にかけの女の最期を看取《みと》ってやろうって!?」

「違うよ。助けにきたんだって言ったでしょ？　僕のお父様とお母様がきみを助けてくれるよ」

「……お前が自分で助けるんじゃないのかよ」

「僕、弱虫だからね。でも、それできみを助けられるならいいでしょう？」

「それで？　私を助けて、どうするんだよ。お前みたいなお綺麗で恵まれた王子様が、私みたいな可愛くもない女を本気で娶るつもりか？」

わざとらしいほど荒々しく問いただす螢花に、炎玲は少し考え――

「うーん……僕はね、裏表があって気の強い女の人はわりと好き」

そう言って、にこっと笑った。この場で起きた血なまぐさい出来事が、一瞬で霧散するような強烈で無邪気な笑みだった。

螢花はへなへなとその場に座り込んでしまった。

それを見て、玲琳は思わず笑い出してしまう。けたけたとひとしきり笑い、指先で涙をぬぐう。

「本気ね？　炎玲。お前は今、後からやっぱりやめましたなどと言えないようなことをしようとしているわよ」

「うん、いいよ」

「そう……では、螢花。息子の嫁となるお前に恩赦を与えるわ。この私、蠱毒の民の新たな里長の誇りにかけて、お前を救うと約束しよう」

座り込んで放心していた螢花は疑るように目を上げた。

「嘘だ……私はもうすぐ死ぬんだ……」

玲琳は軽く腕を持ち上げ、命じた。

「みな出ておいで……」

その命を受け、口からは巨大な黒の百足が、袖口や裾からは無数の青の蝶が、そして背を割るようにミシミシと音を立て、赤の蟷螂が姿を現した。

「お母様！　もとに戻ってる！」

炎玲は目を真ん丸にして声を上げた。玲琳の姿は、いつの間にか大人のそれに戻っていた。小さな衣が裂けて、足や胸元が覗く。

玲琳はそれを気にせず螢花を見下ろした。螢花は初めて間近で大人の玲琳を見上げ、たじろいだように後ずさった。

「おばあ様……先代の里長は、この四体の蠱を支配して究極の毒を生み出すのだと言っていたわ。それを、私に託したのよ」

「……それが……何です？」

「その究極の毒とは何か知っている？　この世の理を覆すほどの恐ろしい術……その正体を、お前は知っている？」

「……し、知らない」

玲琳は優雅な仕草で蠱たちを示した。

人に寄生して力を蓄える黒の百足。時を奪う赤の蟷螂。人の血を啜る青の蝶。そして天敵をも喰らう貪食の白の蛇。力と時と血と肉……一個の人間を形成するそれらを集めて生み出す術とは――？

「それは古くから多くの術者が追い求めてきた術よ。お前たちを蝕《むしば》む短命の呪いを打ち壊す毒。すなわち、人の命を延ばす術……おばあ様はお前たちを……里の民を長生きさせようとしていたのだわ」

四体の蠱を受け継いだ里長だけは、短命の呪縛から逃れていた。月夜はその現象を、里人全員に与えようとしていたのだ。ただただ、そのためだけに術を極めようとしていた。

不老不死——その領域に手を掛けんばかりの禁術であろう。この世の理を覆す悍ましい術。誰もが欲しがるに違いない。これは下手に扱えば……恐ろしいことになる。決して権力者に知られてはならない術だ。

蛍花は信じられないというように凍り付いた。玲琳はその頬にそっと触れる。

「安心なさい……お前の命は私が延ばしてあげるわ。そして、死んでおけばよかったと嘆くくらいに嫁いびりをしてあげる」

蛍花がぶるっと身震いするのを見て、玲琳は満足そうに微笑んだ。

「さて……みなを動けるようにしなくてはね」

玲琳は未だ体が満足に動かない里の者たちを見やる。

そこでふと、気が付いた。骸の——姿がない。

「……鍠牙、骸はどこ？」

「ああ、逃げた」

「……は？　何ですって？」

「逃げたと言った」

「お前……見逃したの？」

「いや、見逃したわけじゃないが、炎玲の嫁が決まってしまうということに動揺しすぎてな、頭が回らなかった。正直、心臓が止まりそうなんだが……」

「雷真！」

玲琳は骸を刺した護衛を呼ぶ。雷真も何故か座り込んで脱力していた。

「は……私も正直、動揺してしまい……」

この男どもを薪のごとく火にくべてやろうかと、玲琳はかなり本気で考えた。

どうにか堪え、頭を押さえる。

「どっちへ逃げたの？　捕まえなければ」

「まあ、放っておいてもすぐに死ぬだろうよ」

「そうですね、あれは致命傷でしたので」

頷き合う男どもを滝つぼに沈めてやりたい気持ちになりながら、玲琳は首を振った。

「いいえ、あの男にはまだ鶏蠱がいるわ」

一万の血を啜り力を蓄えた鶏蠱が、まだ彼のもとにある。百万の人を操り、狂気を運ぶ鶏蠱。それを放っておくわけにはいかない。

「なるほど、確かにまずいな。だが……心臓が痛むんだが……」

「それはけっこうなことだわ。毒の痛みに似てさぞ懐かしいことでしょうよ。無力な男をあてにした私が愚かだったということでしょう？」

そう言うと、玲琳は里の外に向かって走り出した。

「すまない、姫。まあそう言うな」

鍠牙はすぐに追いかけてきて、玲琳をひょいと担ぎ上げた。

「急ぐんだろう？」

「足が千切れるまで走りなさい」

粉袋よろしく担がれた玲琳は、そう言って鍠牙の背を叩いた。


自分が死ぬのだということは分かった。

血が止まらない……もう、痛みも感じない……

肩にとまっている美しい金色の鳥が、心配するように鳴いた。その輝く翼を撫でながら、骸は足を引きずって歩いた。

「葎……お前に最後の命令だ……この国の人間を全て操って……蠱師を滅ぼせ……飛国も斎も侵略し……大陸を戦火で包め……」

この鶏蠱の中には、一万人の血が蓄えられている。その血を使えば、鶏蠱は百万の人間を自在に操ることができる。

死ぬならせめて……この世の全てを道連れに……

その時不意に、背後から気配を感じた。何かが迫ってくるような嫌な気配だ。

李玲琳が……あの女が追ってくる……

骸は歯噛みし、必死に歩いてゆく。目が霞む。もう、これ以上歩けない……

そこで急に、視界が開けた。

霞む目に、広々とした草原が飛び込んでくる。風になびく草に足を踏み入れたその時、目の前に、一人の少女が佇んでいることに気付いた。

思わず足を止める。いるはずがない……いるはずがないのだ。

「葎……」

骸は思わず呼んでいた。肩にとまっている鶏蠱がケエンと鳴いた。

立ち尽くしている骸に向かって、少女が歩いてきた。

「青徳《せいとく》」

少女はそう呼んだ。呼ばれた瞬間……ぎりぎりと心臓が絞られるように痛み、もう、立っていられなくなった。

崩れ落ちるように膝をつき放心する骸に、少女はそっと手を伸ばした。

「青徳……これがお前の本当の名前なんでしょ？」

高慢に問いながら、骸の襟元を引っ張る。間近で爛々と輝くその瞳は、ほんの数か月前に見たものだった。

「李玲琳の……娘……？」

「火琳よ」

その名を聞いた瞬間、何故か、唐突に……愛した少女はもう、この世のどこにもいないのだと理解した。鶏蠱の中にも、どこにも……

「お前が心を取り戻したいって言ってたから、私、飛国まで行ったわ。大変だったのよ、飛国の蠱師一族の根城に残ってたものを榮覇《えいは》おじさまに調べてもらって、お前の故郷を捜したの。そこで片っ端から占わせたわ。お前が取り戻したがってた昔の思い出とか、そういうの……。思い出せば、心は元に戻るわよ。全部、教えてあげるわ。お前の心が元に戻るまで」

火琳は真っすぐにそう言った。何て愚かな少女だろう……骸は思わず嘲笑いそうになり……

「……名前を……呼んでくれないか……もう一度……」

何故かそう言っていた。

「いいわよ、何度でも呼んであげる。そのために私、ここまで来たんだから。黒がお前のにおいを覚えててよかったわね。青徳、青徳、お前……怪我してるわよ？」

火琳は心配そうに傷口を覗き込む。

「痛いの？」

「いや……もう痛くない……」

「こんな怪我で、どこに行くつもりだったの？　何しようとしてたの？」

つぶらな瞳が真っすぐに問うてきた。

ちっとも似ていない……葎はこんな、美しい少女ではなかった。けれど昔の骸にとって、葎は確かにこの世で一番愛らしい女の子だったのだ。

火琳は間違えている。骸は、昔のことなら全部覚えている。許嫁だった少女や、育ててくれた家族がどれほど大事だったか……その全てを覚えている。その記憶はあるのに……何の感情も湧いてこないのだ。この感情を取り戻すために……壊れた心を取り戻すために……蠱師たちを……この世の全てを……

「……いいや、何も……もう何も……やることなんか何もない……」

呟いて、骸は肩に乗る鶏蠱に触れた。

「……葎……ごめん……葎……もう……何もしなくていい……お前がやるべきことはもう……この世に何も残ってない……だからもう……お前は自由になっていい……」

そう告げると、鶏蠱は一度大きく翼を広げ、ケエンと鳴いた。

次の瞬間、鶏蠱は地面に落ちた。すでに術者を失い、力を供給されることなく、それでも骸に従い続けた鶏蠱は、その一言であっけなく死んでいた。骸は膝をついたま、輝きを失った鶏蠱の翼に触れた。その体は砂のようにざらざらと崩れ、風に散って後には何も残らなかった。

火琳はびっくりした顔で鶏蠱の散った空を見上げていた。

「……お前に触ってもいいか？　少しだけ……」

骸は目の前の少女にそう懇願していた。火琳は一度ぱちくりとまばたきし、ふふんと笑って両手を広げた。

「いいわよ、許すわ」

その高慢な物言いは、記憶の中にある少女とまるで違う。骸は力なく笑んで、火琳の頬に触れた。

白く滑らかな頬が、血に汚れる。

「ごめん……」

「いいわよ、汚れなんか洗えばいくらだって取れるわ」

鮮烈な微笑みに、何かが骸の中で決壊した。

火琳の足に縋《すが》るように蹲り、喉が裂けんばかりに絶叫する。

「泣かないでよ、男の子でしょ」

火琳はそう言って骸の背を撫でた。

遠い昔……少女にそう言われたことを思い出す。

自分が、泣いていることに気付く。

その時、遠くから足音が近づいてきた。

「骸！　馬鹿なことを考えるのは……え!?　火琳!?」

驚愕の声を上げるのは玲琳だった。鍠牙に担がれていた彼女は地面に下り、訝るように娘を見下ろす。

「お母様、お父様、何してるの？」

「それはこっちの台詞《せりふ》だ！」

鍠牙が怒鳴る。

「私は炎玲を手伝おうと思っただけよ。この男を脱獄させたのは炎玲なの。助けてって、言われた気がしたんですって。馬鹿よね。炎玲がそこまでしてこの男を助けたいって言うから……そのせいでケンカしちゃったけど、やっぱり私はあの子のお姉様だから……だから炎玲が助けたがってたこの男を、私が助けにきてあげたのよ」

「お前たち……それが喧嘩の原因だったの……？」

呆れた様子の玲琳に、火琳は真顔で頷いた。

「ねえ、青徳は怪我してるの。治してあげて、お母様」

「青徳……？　火琳、この傷ではもう助からないわ」

玲琳は一瞬知らぬ名を訝しみ、冷淡に告げた。

「そんな！　お願いよ、お母様！　青徳を助けて！」

火琳は必死に言った。

もういいよ……俺なんかをそこまでして助けてくれなくていいよ……たくさん人を殺して……関係のない人間まで巻き込んで……恨んで……恨んで……こんな人間を助けようなんて思わなくていいよ……

そう言おうとしたが、もう声は出なかった。

ふと見上げると、玲琳が月のような瞳で骸を見下ろしていた。

「青徳というのがお前の名なの？　ねえ、青徳、お前……苦しみ渦巻くこの現世に、まだ存在する覚悟はある？　あるのなら、お前を殺してあげるわ」

その問いに、骸はもう答えられない。

玲琳は冴えわたる月の瞳で骸を見下ろし——そして腕を振った。

「悪夢を終わらせましょうか」

その言葉が夜に響くと、月光の下に深紅の蟷螂が現れた。

それが骸の見た最後の光景だった。

終　章

骸の血を飲まされた蠱師たちを元に戻すのに、それから数日を要した。

玲琳はそのあいだ蠱毒の里にとどまり続け、そして都へ戻る日の朝——

「いっしょに行かないの？」

つぶらな瞳で炎玲が問いかけた。

問われた螢花は仏頂面で、ぷいっと顔をそむけた。

「行かないわよ」

「どうして？」

「……別に、姉様と暮らしたくないし。兄様と暮らしたいし」

「僕とは？」

「……お前なんか嫌いだし」

「そっか……じゃあ、また会いに来るね」

そう言って、炎玲はにこっと笑った。

「うるさいな……来なくていいよ」

螢花は炎玲の足を蹴る。

その様子を見て、玲琳は笑い出してしまった。

「またすぐ会いに来るわ。お前が死ぬ前に、必ず究極の毒を生み出してみせる」

蠱師にとって毒こそが生きる糧だ。

「……期待せずに待ってます。お礼に一つ、教えてあげますよ。私はやっぱりあなたが嫌いだし、あなたに嫌がらせをしたいから」

そう言うと、螢花は玲琳の耳に口を寄せて囁いた。全て告げると、ぱたぱたと走っていってしまう。その先には、重傷を負っている乾坤の姿がある。彼は走ってきた螢花を傷だらけの体で迎え、玲琳に礼をした。

一年間の謹慎。それが螢花に科せられた罰だった。

よくそれだけで済んだ――と、言うべきなのだろう。彼女は力ある蠱師で、斬られた乾坤も命はとりとめた。それ以上の罰は必要ないと、長老である黄梅が決めた。

そもそも、里を捨てた胡蝶の娘である玲琳を里長として迎えたくらいだ。蠱毒の民にとっては、蠱師の才があるかどうかが何より大切で、それに勝る価値観はないのだろう。その感覚が分かってしまう自分は、やはり蠱毒の民なのだ。

そう思い、玲琳は夫と双子と従者を伴って帰路についた。

泥と埃に塗れて王宮へと帰りついた一行を迎えたのは、美しい女帝の姿だった。

帰る道すがら、彼女がここにいることは聞いていた。

「お姉様、お久しぶりだわ」

玲琳は花の笑みを咲かせて彩蘭に抱きついた。

「お帰りなさい、玲琳。心配していましたよ」

彩蘭は優しく玲琳の髪を撫でる。

その様子を、旅から帰ったばかりの鍠牙と双子と護衛と占い師が見守っている。

「私に何の御用なの？」

「……もう、聞いているのではありませんか？」

「さあ？　何のことかしら？」

玲琳はとぼけて微笑み返す。

「蠱毒の里の里長に、なってしまったのですか？　玲琳」

「ええ、なったわ」

「……究極の毒を、受け継いでしまったのですか？」

そう問われ、玲琳は驚いて真顔になった。

「知らないと思っていましたか？　いいえ、あなたよりずっと前から知っていました。胡蝶様から聞いていましたよ。蠱毒の里の里長は、不老不死に通じる術を極めようとしている……と」

彩蘭は限りなく優しく、そして恐ろしい微笑みで玲琳の頬を撫でた。

「いけませんよ、玲琳。分かっていますね？　それは禁忌の術です。そのような術を会得してしまえば、この世の理が壊れます。誰もがそれを欲するでしょう。大陸を戦火の渦に陥れることになるやもしれません。玲琳、わたくしはそれを許しません。里長の座は返上なさい。その術を極めることを禁じます」

そうだ……それはまさに、玲琳が案じたことでもあった。この術は人の世を狂わせる……決して権力者に知られてはならない……と。

「玲琳、あなたはわたくしの味方ですね？　わたくしの言うことに逆らったりはしませんね？　魁の王妃となり、母となってもそれは変わらないと信じていますよ？」

悪逆非道な女帝の微笑みを受け、頭の中に幼い頃抱きしめられて眠った時のことが思い浮かび……玲琳はふっと笑って姉の手を握り返した。

「お姉様、私はお姉様を今でも心から愛しているわ。お姉様がお姉様である限り、私はお姉様の命令に従うわ。だけどお姉様……これは違うわ」

ずっと昔、よく似た会話を交わしたことを思い出す。

「お姉様は全ての人をただ駒としか見られない……誰も優遇しない、差別しない……悪逆非道の博愛主義者だったはずよ」

誰も愛せないが故の博愛主義者。玲琳は姉のその毒を愛した。

玲琳はそっと彩蘭を抱きしめ、その耳元で囁いた。

「お姉様……私を殺そうとしたわね？」

瞬間、彩蘭の体が強張った。

「蛍花の憎悪を煽って、私を殺すよう唆した……全てお姉様がやったことね？」

「……そんな覚えはありませんよ？」

「蛍花とは誰か――とは聞かないのね。ええ、そうでしょう。お姉様は魁に多くの間諜を放っていらっしゃる。王宮の周りをうろついていた蛍花のことを、知らないはずはないわ。あの子は全部話したわよ。私はそれを疑わなかった。だって、私はお姉様のやり方を誰より知っているもの。お姉様は私を愛していらっしゃる。私の子供たちを傷つけることはなさらない。けれど……私を殺すことならしてみせるだろう……」

玲琳は彩蘭を抱きしめる腕に力を込めた。

「ねえ、お姉様……私が生きて戻ってきた時のために、ここへいらしたのね。懐に忍ばせたその剣で、私を殺すおつもりなの？　そうね、あなたは私を殺せるこの世で唯一の人だわ。私の蟲は私の愛する者を傷つけたりはしないもの。だけどお姉様、私を殺せば鍠牙に殺されると分かっているはずよ。あの男は済度し難い愚か者で、この世の何より強い猛毒……八年以上付き合いのあるお姉様には分かっているはずよ。なのにお姉様は私を殺そうとなさるの？　お姉様……私を殺すために命を懸けるおつもりなのね？　私ごときのためにそのお命を？　それはいけないわ、お姉様。私を特別扱いなさるお姉様など、私のお姉様ではないわ。私の理想のお姉様でいてくれないのなら、あなたには価値がない」

遠い昔に交わした会話をなぞり、玲琳は姉から離れた。

「玲琳……あなたはわたくしと敵対するのですね？　それがあなたの……蠱毒の民の里長としての覚悟なのですね？」

「ええ、私を殺そうというならあなたは敵よ、李彩蘭陛下」

一触即発の不穏な空気が部屋に満ちる。

「いいわね？　鍠牙」

ちらと目を向けると、鍠牙は危うい笑みを浮かべた。

「構わんよ。俺はあなたの蠱だからな」

玲琳と鍠牙を見やり、彩蘭は背筋を伸ばした。その威圧感が増す。

「分かりました。今日をもって、斎と魁の同盟は……」

「ねえ、玲琳を怒らないでちょうだい、彩蘭」

彩蘭の言葉を遮り、部屋の奥からキラキラと光を振りまきながら出てきたのは、夕蓮だった。さすがに玲琳は驚いた。

夕蓮は彩蘭の手をそっと握る。

「玲琳が信用できなくて心配なの？　だったらどうか、私を人質にしてちょうだい。あなたの国へ一緒に行くわ。死ぬまでずっと、あなたの傍に繋がれても構わない。あなたの言うことに何でも従うわ。玲琳が悪い術を使うようなことがあったら、真っ先に私を殺してちょうだい。ねえ、お願いよ。どうか玲琳と仲良くして。喧嘩なんてしないで。玲琳も彩蘭も、私の大切なお友達なの」

美しい瞳を悲しげにしばたたかせて真摯に訴える夕蓮を、長いこと見つめ返し——彩蘭は淡い吐息を漏らした。

「仕方がありませんね……あなたがそこまで言うのなら、今日は引き下がりましょう。あなたはわたくしの、大切な友人ですからね」

「私を連れていかないの？」

「そのようなことはできませんよ」

「ありがとう彩蘭！　あなたって本当に優しい女の子なのね」

夕蓮は歓喜に顔を輝かせた。彩蘭も、優しく微笑み返す。人の世のものとは思えぬそのきらきらしい光景に、玲琳は目を奪われた。

「そうと決まればこの国にもう用はありません。わたくしは斎に帰ります」

あっさりとそう告げて、彩蘭は部屋を出て行った。


「彩蘭……そんなつもりだとは聞いてなかった」

廊下を歩きながら、普稀は険しい顔で言った。

「ええ、言いませんでしたね」

「ここは魁の王宮だ。僕一人できみを守り切れるわけがない。本気で玲琳姫を殺すつもりだったのか？」

彩蘭はそこで立ち止まり、振り返る。

「だからあなたを連れてきました。あなたなら、ともに死なせたところで誰も困ることはありません。あなたはわたくしが唯一地獄への道連れにできる人ですからね」

そう言い、夫の鬚《ひげ》に触れる。

「けれど……もうこのようなことはしませんよ。いえ、できないでしょう」

そこでふっと、彼女にしては珍しく皮肉っぽい笑みを浮かべた。

「わたくしは、初めて楊鍠牙陛下を心の底から気の毒に思いましたよ。あの人は……あれから生まれたのですね。あれを斎に連れ帰るくらいなら、玲琳の好きなようにさせた方が遥かにましです。あれに比べれば、究極の毒などたいしたものではないのかもしれませんね……あれがこの国にいる限り、わたくしはこの国に手出ししようとは思わないでしょう」

「驚いたわ……」

二人がいなくなると、玲琳は心底から呟いていた。

「あのお姉様が……本気で怖がっていらした」

彩蘭が何かに怯えるところなど、玲琳は初めて見た。いつもと変わらぬ微笑みの裏に、強烈な恐怖心を確かに感じた。何があろうとこの女を斎に近づけてはならないという、強い覚悟を感じた。

夕蓮は楽しそうに微笑みながら、彩蘭の出て行った扉を見やる。

「お友達ができるって素敵ね。また会いたいわ、彩蘭」

そう言って、夕蓮も部屋を出て行った。

「悪逆非道な女帝も、化け物には屈したか……」

鍠牙は嫌味っぽく呟いた。そうして、玲琳に手を伸ばしてくる。

「さて、姫……そろそろ俺のことも、救ってくれないか？」

言われて玲琳は、彼の呪いを解いていないことを思い出す。支配したばかりの赤の蟷螂を使いこなすのは難しく、すぐには解けなかったのだ。

「そうだったわね。こちらへおいで」

艶めかしい仕草で手招きする玲琳を見て、護衛たちははっと察した。子供たちを抱きかかえると、すぐに部屋を出て行く。

「本当に優秀な護衛たちだわ。お前のような愚か者とは大違い」

ため息交じりに言う玲琳に、鍠牙は倒れこんできた。その大きな体を受け止め、背中まで腕を回せることに満足感を得る。

「お前に痛みを与えるのも、奪うのも、私の役目だものね」

そう言うと、玲琳は獣のごとく牙を剝いた。

少年は、明るい部屋で目を覚ました。

のそのそ体を起こすと、そこは見たこともないくらい豪華な部屋で、少年は自分が夢を見ているのかと思う。

柔らかな寝台の中で呆然としていると、部屋の扉が開いて二人の子供が入ってきた。

「あ！　起きたのね？」

「よかったね」

にこにこ笑いながら、少女と少年が駆け寄ってくる。たぶん、自分と同じくらいの歳《とし》だろう。

「ねえ、お前、自分の名前は分かる？」

少女は寝台に手をかけて、顔を覗き込んできた。こんな綺麗な女の子は初めて見た。

「……青徳」

少年——青徳はぽつりと答えた。

少女は嬉しそうに笑った。

「大丈夫よ。あなたのことは私たちが面倒見てあげるから、心配しないで」

得意げに言う。その姿を見ていると、なんだか胸が熱くなって、青徳はぽろぽろと涙を零していた。

「泣かないでよ、男の子でしょ」

「泣きたかったら泣いてもいいんだよ」

少女と少年は別々のことを言う。

なんだかとても安心した。

ずっと悪夢を見ていて……ようやく安らかに眠れる……そんな気持ちだった。

「過去の時を奪って若返らせたところで、未来の時も奪われるんだからどうせ長生きできませんよ」

毒草園で蟲の世話をしている玲琳に、葉歌が言った。

「火琳様と炎玲様が、悲しい思いをしなければいいんですけど……」

ため息が漏れる。

「それにしてもお妃様、四体の蟲を同時に体に入れてて大丈夫なんですか？」

ふと心配そうに彼女は言う。

「ええ、大丈夫よ。おばあ様は四体同時に体に入れるのは異常だと言っていたけれど、この子たちは一緒にいたいのよ。それができる主を求めていたの」

「ええ？　蟲にそんな感情あります？」

葉歌の物言いにくすっと笑い、玲琳は振り返った。

「ねえ、葉歌……私はずっと不思議に思っていたのだけど……」

「何です？　また変なこと考えてます？」

疑りのまなざしを向ける葉歌に、玲琳は苦笑する。

「螢花はどうして、あんなにもお前に執着していたのかしらね？」

「……まあ、一応姉なので」

葉歌は言葉を濁す。

言うべきか言わざるべきか――一瞬の逡巡《しゅんじゅん》を挟み、玲琳は言った。

「螢花は、お前と乾坤の両方と血が繋がる妹――ということは、ありえないと私は思っているのよ」

「……何でです？」

「お前と乾坤と螢花は、母親が違うのだそうね？　そして父親は、螢花が生まれるずっと前に死んでいるわ。昔、そう言ったわね？　ならば、誰から生まれれば螢花はお前と乾坤の妹になれるのかしら？　両方と血が繋がるのは無理だわ」

するど葉歌は苦虫を噛み潰したような顔で黙り込んだ。

「例えば……蠱毒の里で、とある男女の間に娘が生まれたとするわ。けれど夫婦という概念のない蠱毒の里では、三人が家族として暮らすことはできない。そして母親が暗殺者として他国へ赴き、死んだと思われていたとしたら……生まれた娘は家族がいなくなってしまうわ。そうなれば、父親は娘を育てようとするでしょう。けれども里の掟で父が子を育てることはできなかったとしたら……その親子は、兄妹という形で共に暮らすこともあるのかしら？」

びょうと強い風が吹き、翻った袖で葉歌の顔が一瞬隠れた。

「……まあ、そういうこともあるかもしれませんね」

「だとしたら、その娘は母親に執着したでしょうね」

「……さあ、どうでしょう」

冷ややかなその答えに、玲琳はぱっと手を広げてみせた。

「仮の話だわ。私は別段、それをどうこうしようとも思わない」

「そうですか」

一瞬ののちにはもう、葉歌はいつもの彼女に戻っていた。

「ほら、早く終わらせないと王様が呼びに来ちゃいますよ」

「そうね、もう日が暮れるわ」

そう答え、玲琳は茜に染まった遠い空を見上げた。

◇　◇　◇

小さな格子窓から血色の夕日が差してくる部屋の中で、葉は座り込んでいた。

「お兄ちゃん、王子様ってどういうのかな？」

聞くと、隣に座っていた兄の秀は、怪訝な顔をした。

「このあいだ読んだ本に書いてあったの。すごくカッコいいの！」

夢見るように目を輝かせる。

生まれた時には名をもらえず、十歳で森羅の符丁を与えられた。この里に、自分より強い男はいない。王子様とはきっと自分より強い男だろうから、里の外にいるのだろう。

そして十八歳になった今――葉は狭い部屋の中にいた。部屋の中には薄い布団が一枚敷かれていて、その上に葉と秀は並んで座っているのだった。

「里の外に出たいな。それでね、すごくカッコいい王子様を見つけるの」

うっとりと目を細める葉の膝を、兄が拳で軽くたたいた。

「この部屋からも出られないのに？」

秀は苦々しく笑った。

「出られるわよ。私がお兄ちゃんの子を産めば出てもいいって、月夜様が言ったじゃない」

森羅の後継を産むために、自分たちは今ここに閉じ込められているのだ。

けれどそれから五日も経つというのに、秀は何もしようとしない。だから葉はとても困っている。このままだと出られないから。

「お前は嫌じゃないのか？」

「何で？」

何がどう嫌なのか、さっぱり分からなくて聞き返す。

「俺は嫌だよ」

そう続けられて、ちょっと驚いてしまった。

「お兄ちゃん、私のこと嫌いなの？」

「そういう！……意味じゃ……くそっ……」

秀はがしがしと頭を掻いた。何で彼は怒っているんだろう？

「今までと何が違うのか分からないもの」

だってずっと二人で暮らしてきて、いつも一緒の布団で抱き合って寝ていたし、今しようとしていることが、それとどれくらい違うのかよく分からない。

「子供を産むなら、男の子がいいな。女の子だったらきっと、無能力者ですぐに死んじゃうだろうから。男の子なら、鍛えれば森羅になれるわ」

「……女の子だっていいだろ」

「ダメよ。女の子だったら、出来損ないって言われちゃうわ。私が生まれた時、母さんがそう言ったみたいに」

葉の母親は死ぬまで娘を嘆いていた。秀の母親は優しかったけれど、自分がそうなれるかは分からない。

「ほら、こんな風にされたら可哀想だもの」

と、葉は自分の袖をまくって肩を出した。そこには酷い火傷の跡がある。ここだけじゃない。見えないところはほとんどこうだ。全部、葉の死んだ母親が付けた傷だ。

「俺が……お前より強かったらな……」

秀は振り絞るように言った。彼はいつもそう言うのだ。自分が強ければ、葉をこんな目に遭わせずに済んだ――と。けれど、葉はそう思わない。

「私は一番強くなれてよかった。森羅になれたおかげで、生きてていいんだもん」

心底ほっとしながらそう言うと、秀は怖い顔になった。

「馬鹿なこと言うな」

「何よ、怒らないでよ。お兄ちゃんの意地悪」

むーっと唸りながら、葉は秀の手をぽくぽくと叩く。すると何度目かで、秀がその手をがしっと摑まえた。

「……俺は王子様じゃない」

「へ？　そんなの、知ってるけど……」

「…………葉、お前が好きだよ……この世で一番大事だ」

秀はぽつりと零すように言った。急にそんなことを言われて、葉はびっくりしてしまい、照れたように笑った。

「私もお兄ちゃんが一番好き。この名前、呼ばれるのも好きよ。でも、子供が生まれたら他の蠱師に育ててほしいな。私が母親じゃその子が可哀想だもの。だから私、その子には近づかないようにするわ」

無邪気に笑う葉を見つめ、秀は泣きそうな顔になって突然葉を抱きしめた。

葉は秀を抱きしめ返す。兄にくっついていると、葉はいつでも安心する。人を殺して血の臭いがなかなか取れない夜でも、兄の腕の中なら眠れる。この人は、不思議な術でも使えるみたいだといつも思う。

うとうとと眠くなってきたその時、秀の手が背中に触れた。いつもと違うその触り方に、びくっとする。

だけど、これから起きることは、やはりいつもの夜と何が違うんだろうと首を捻る。

その翌朝——葉は一つだけ決意することになる。

もしも同じような境遇の女の子がいたら、絶対絶対事前に色々勉強しておくように教えてあげよう——と。

そして、序章

魁国の王宮には、一人の美しい少女がいる。

斎帝国の皇女にして、蠱毒の里の里長——の娘、名を楊火琳という。この春十五歳になった王女は、花も蹴散らす圧倒的な美貌で今日も王宮を闊歩していた。

「炎玲、炎玲、どこにいるの？」

呼びながら庭園に出る。衛士たちが見惚れながらも恭しく礼をした。

「もう……どこ行ったのよ、あの子ったら……」

火琳は頬を膨らませてぼやきながら歩いてゆく。するとそこで突然、背後から何者かに抱きつかれた。

「なあ、今日すげえ暇なんだけど、王宮抜け出して遊ばね？」

そんなことを言ってくるのは、二十代半ばの美男子である。

「由蟻、重いわよ。離れなさいよ」

火琳は文句を言ったが、由蟻は面白がって火琳に抱きついたままだ。

「やめてよもう、あなたと違って私は忙しいの。遊びに出かけたりなんか……まあ、ちょっとくらいならいいかもね」

誘惑に負けてそう答えると、由蟻は嬉しそうに笑って火琳に体重をかけた。

「重いったら！」

火琳が叫んだその時、由蟻は横から出てきた腕にばりっと引きはがされてしまう。

「馴れ馴れしく火琳に触るな、由蟻」

仏頂面で現れたのは、火琳と同じ年頃の少年である。少年は由蟻から庇うみたいに火琳の肩を抱いた。

「青徳、あなたどこ行ってたのよ」

非難するように問いただされた青徳は、仏頂面を軽くしかめた。

「……いつもの治療だ」

「ふうん？　調子はどうなの？」

「具合は良いよ」

「さすがお母様ね！　研究の成果すごいじゃない。大丈夫よ、あなた長生きするわよ」

火琳はぱっと花のように微笑んだ。

青徳の仏頂面が少し緩む。

「お前が生きるのと同じくらい生きてやるよ。それで、お前を守って死ぬんだ」

「期待してるわね」

火琳はふふんと高慢に笑いかけた。その笑みにつられて、青徳の口の端が持ち上がる。

「火琳、出かけたいなら俺が連れてってやる」

肩を抱いたまま言うと、それを見ていた由蟻が口を挟んだ。

「おいこら、横取りするなよな！」

「火琳を守るのは俺の役目だからな」

青徳は火琳の肩を抱く腕に力をこめる。

「違うよ。俺の役目だよ。俺は鍠牙から火琳と炎玲を守るように言われてるんだからな」

由蟻は整った顔を不愉快そうに歪め、火琳を奪い返そうと腕を引っ張った。

「ちょっとやめてよ！　痛いわ！」

怪力の男たちに両側から引っ張られて、火琳は思わず声を荒らげた。すると——

「やめろガキども！」

怒声が響き、ごちんごちんと音がして、由蟻と青徳は拳骨を食らった。

「いってえ！」

二人は叫びながら頭を押さえる。

振り向くと、第一王子の護衛役である風刃が拳を固めて二人を睨んでいた。

「何すんだよ、おっさん！」

「割り込むなよ、おっさん！」

「誰がおっさんだ！　糞生意気な若造どもが！」

風刃はくわっと牙を剝いた。

「王女殿下を取り合おうなんざとんでもないガキどもだな。玲琳様と陛下に言いつけるぞ！　散れ散れ！」

しっしと追い払われて、由蟻と青徳は渋々姿を消した。

二人がいなくなると、辺りは突然しんと静かになる。

火琳はじっと風刃を見上げた。彼は気まずそうに目を逸らした。

「……雷真の奴はどこいったんですかね」

「秋茗と逢引《あいびき》中よ」

「けけけ、ようやく観念したか。あいつ、秋茗の気持ちに応えるのは正しくないとか舐めたこと言ってたくせに、よく手え出しましたよね」

「違うわよ、逆よ。このままじゃ埒が明かねえから夜這いしてくる……って、言ってたのは秋茗の方よ」

「……マジですか？」

「マジよ」

真顔で答えた火琳に、風刃は引きつった笑みを浮かべた。

「あいつはヘタレか」

火琳は彼の顔を真っすぐ見上げ、首をかしげる。

「お前は？　いいかげん嫁をとろうと思わないの？」

「俺？　そんなやる気はないですね、もうおっさんなんでね」

肩をすくめてそう言い、風刃は背を向けて歩き出した。火琳はその背中を追いかける。

「傅《かしず》きたくなるようないい女は現れない？」

「現れませんね、いたら紹介してくださいよ」

振り向きもせずに歩いてゆく。火琳はとっさに彼の手を摑んだ。

「待って」

途端、風刃は慌てたように手を振り払った。

「……気安くこういうことはしちゃいけません」

「どうして？　お前はよく私を抱き上げてくれたじゃないの。ねえ、部屋に運んでよ」

そう言って、火琳は両手を広げた。

「……それは命令ですか？」

「私、欲しいものを手に入れるのは簡単なのよ。お父様もお母様も、私が欲しいものは何だってくれるわ。だけど……私、欲しいものは自分で手に入れたいの」

火琳がじっと見つめてそう言うと、風刃はしばし黙り込み、ふと手を伸ばして——しかし、触れる前にその手を下ろしてしまう。そしてすぐ傍に咲いていた花を一輪摘み、それを火琳の髪に挿した。

「気まぐれでおっさんからかうのはやめてくださいよ」

そう言うと、彼は再び背を向けて行ってしまった。

火琳はその後ろ姿を見送り、彼の姿が見えなくなるとその場にしゃがみこんだ。頬を押さえてじたばたする。顔が熱い。

「ああもう！　嫌な男！」

悶えていると、軽い足音が聞こえて誰かが近づいてきた。

「火琳、呼んだ？」

駆け寄ってきたのは双子の弟、炎玲だった。

「どうしたの？　顔、真っ赤だよ？」

「うるさいわね、女性には色々あるのよ」

しゃがんだまま、ぷいっと顔をそむける。

「そう？　女の人って面倒くさいねえ」

と、彼は朗らかに笑った。

「……あなたの許嫁はどうなのよ」

「螢花？　黒が迎えに行ってくれてるよ」

「面倒くさい？」

「え？　あはは！　そうだね、世界一面倒くさいよ」

炎玲が心底可笑しそうに笑ったその時、陽の光が遮られて辺りが一瞬暗くなる。二人が同時に空を見上げると、屋根の上から巨大な犬神が下りてきた。背には一人の女が跨っている。

「待ってたよ、螢花」

炎玲は六歳年上の許嫁をにこにこと迎えた。

螢花はひらりと地面に降り立ち、背負っていた籠を炎玲に渡した。

「新しくできた毒草、里長に渡して」

「ありがとう、ご苦労様」

「じゃあ、帰るから」

言うが早いか、螢花は再び犬神に乗ろうとする。

「わー！　待って待って！　久しぶりに会ったんだからしばらくいてよ」

「私、忙しいのよ」

「じゃあ、陽が落ちるまででいいから一緒にいてほしいな。ずっと会いたかったんだ」

炎玲は両手で螢花の手を握り、甘い微笑みで彼女を見つめる。

「炎玲、お前……背が伸びた？」

「え？　そうかな？」

「だって私より背が高くなってるわよ」

「あ、ほんとだ。螢花の方が小さい」

言うなり炎玲は螢花を抱き上げた。

「うわ！　馬鹿、やめろ！」

文句を言いながらも、螢花は炎玲から逃げようとしない。彼女の力なら容易く逃げられるだろうに……

「炎玲、お前ほかの女にもこんなことしてないだろうな？」

螢花は不意に怖い顔で炎玲の耳を引っ張った。

「してないよ」

「してたら殺す」

「してないってば、螢花だけだよ」

「……綺麗な女なんかいくらでもいるだろ？　私は美人じゃないし……」

「螢花が一番可愛いよ。僕は螢花が大好きだ」

「……お前って、女の趣味悪い」

螢花は少し機嫌が良くなったのか、[illegible]

はたで見ていた火琳は、なんだか[illegible]きた。

「螢花、あなた体調はどうなの？」

火琳が立ち上がりながら聞くと、[illegible]から下りた。

「まあ、悪くはないかな」

「そう、あなたもきっと長生きする[illegible]、ちょっと付き合ってちょうだい。これからみんなで街に遊びに行くところなの。由蟻！　青徳！　いるんでしょ？」

大声で辺りを見回すと、屋根の上から二人がぴょんと下りてきた。

「何だよ火琳、せっかく二人きりにしてやったのに。俺たちじゃなくてあのおっさんを誘えよな。ってか、もっと押せよ！　押し倒せ！」

「いや、むしろおっさんが情けないだろ。雷真をヘタレとかどの口が言ってるんだか。火琳、心配するな。いざとなったら俺が力ずくでどうにかしてやるから」

二人は口々に喚く。

「もう……うるさいわね！　私のことなんかどうだっていいでしょ！　遊びに行くわよ！　みんな乗って！」

火琳は赤い顔を隠すよう犬神の背に乗り込んだ。犬神はみんなが乗りやすいよう地面に伏せてくれていて、炎玲、螢花、由蟻、青徳が、次々その背に乗った。
「じゃあ行きましょ！」
火琳の声を合図に、犬神は地面を
巨大な獣が王宮の屋根を駆けてゆ から王宮を見下ろした。
女官たちがいつも通り働いている
目尻を下げた。
衛士たちが規律正しく巡回して、
馬鹿らしくなって
護衛役の雷真と風刃が、こちら から駆けてくる。
後宮の離れの傍で、遠くからで かお茶会をしている。
螢花は炎玲の腕か
女官の葉歌と側室の里里が桶に る。
その先にある毒草園に、父と母
わよ。元気なら
「お父様ー！　お母様ー！　ちょ ね！　行ってきます！」
火琳が大声で呼びかけると、二 た。
二人の周りを、生まれたばかりの る。
この王宮は、今日もなんて毒々し ……

―――本書のプロフィール―――

本書は書き下ろしです。

小学館文庫

蟲《むし》愛《め》づる姫君《ひめぎみ》
魔女《まじょ》の王国《おうこく》の終焉《しゅうえん》

著者　宮野美嘉《みやのみか》

二〇二二年六月十二日　初版第一刷発行

発行人　石川和男
発行所　株式会社　小学館
〒一〇一-八〇〇一
東京都千代田区一ツ橋二-三-一
電話　編集〇三-三二三〇-五六一六
　　　販売〇三-五二八一-三五五五
印刷所――図書印刷株式会社

この文庫の詳しい内容はインターネットで24時間ご覧になれます。
小学館公式ホームページ　http://www.shogakukan.co.jp

ISBN978-4-09-407157-3